U0098469

独学日本語 系列

本書內容：初中級＆中級

根掘り葉掘り

生活日語短句通

刨根究底

三民日語編輯小組　編著
永石繪美　審閱

三民書局

國家圖書館出版品預行編目資料

根掘り葉掘り生活日語短句通／三民日語編輯小組編著,
永石繪美審閱.－－初版一刷.－－臺北市：三民，2009
面；　公分

ISBN 978-957-14-5199-2　(平裝)
1. 日語 2. 句法

803.169　　98009367

© 根掘り葉掘り生活日語短句通

編著者	三民日語編輯小組
審閱者	永石繪美
企劃編輯	李金玲
美術編輯	李金玲
插畫設計	許珮淨（我的一天）
發行人	劉振強
著作財產權人	三民書局股份有限公司
發行所	三民書局股份有限公司 地址　臺北市復興北路386號 電話　(02)25006600 郵撥帳號　0009998-5
門市部	（復北店）臺北市復興北路386號 （重南店）臺北市重慶南路一段61號
出版日期	初版一刷　2009年7月
編號	S 808440

行政院新聞局登記證局版臺業字第〇二〇〇號

ISBN　978-957-14-5199-2　（平裝）

http://www.sanmin.com.tw　三民網路書店

序

照著教科書學習外國話的人，如果有機會到那個國家，一開始幾乎都會面臨相同的窘境：一些日常生活單字，說不出口，因為課本上沒有教。

或者是，明明只是簡單的日常用語，卻得靠用猜的，原因很簡單，因為沒有學過。

但是，真的該把責任都怪到課堂上的外語教學嗎？ 不！我們不認為應該這樣做。

要學好一種外國話，尤其是想在生活中自在運用的外國話，你知道要強記多少單字，以及每個單字的延伸用法嗎？——這些想光靠一本教科書就達到目的，即使是神仙來編也做不到。

所以，你需要第二本、甚至是第三本教科書！

本系列作**《生活日語字彙通》**與**《生活日語短句通》**，是三民日語編輯小組充分發揮「刨根究底(根掘り葉掘り)」精神，嘗試將日本人生活中隨處可見的事物，以**插圖**或**慣用搭配句**等方式呈現。書中有許多一般**字典裡查不到的字辨及生活日語常識解說**，所以不管你是要精進生活字彙，還是想充實生活慣用句的知識庫，相信絕對都很實用。

和各位讀者一樣，三民日語編輯小組也經常在思考一個問題：如何才能夠把日語學得更好。我們得到的結論是：唯有把自己當成讀者，才能知道讀者的真正需求。這也是促使我們時時以「從學習者的觀點出發，出版自己也會想要的書」自居也自許的理由。

每一本掛上「三民日語編輯小組」編著的書，背後都代表著我們如此的用心，也願本書能帶給每位讀者有趣且實用的日語學習經驗，在學習的路上共勉之。

三民日語編輯小組
2009,7

もくじ

目次

根掘り葉掘り（ねほりはほり）

生活日語短句通

Part 1 我的一天

Part 2 慣用搭配句

Part 3 基本動作句

如何使用本書

《生活日語短句通》一共設計了三個單元：「我的一天」，「慣用搭配句」，以及「基本動作句」。

「我的一天」像是個引子，帶出日常生活流程，在閱讀的同時，讀者可以自己評估看看，有多少句是你原本就會的，又有多少句是你從前沒看過的。

「慣用搭配句」是針對一些日常物品做相關的用法整理。以許多人每天都要碰的電腦為例，你可能知道電腦的日文是「パソコン」，但你曉得「開機、關機、打電腦、電腦當機、電腦跑的速度慢……」要如何用日文表達嗎？

在「慣用搭配句」裡，把這些日常物品依特性分成五大類：**電器類**、**居家類**、**隨身小物**、**穿著類**、**交通工具**。沒有所謂的先後順序，讀者可以隨意翻閱，找到感興趣的項目開始閱讀。

「基本動作句」很類似「慣用搭配句」，差別只在是以動作為對象。同樣有五大類：**個人衛生**、**做家事**、**辦公務**、**學校學習**、**搭交通工具**。

閱讀本書時，基本上可以從任何一頁開始看，但如果想進行系統學習，在此建議你：一、先瀏覽「我的一天」，了解自己的程度，順便確認接下來要學習的重點。二、先熟悉「慣用搭配句」再學「基本動作句」，然後是三、重新回到「我的一天」確認學習成果。祝學習愉快！

體例說明

為了能在有限的版面上提供更詳實的學習資訊，本書在例句的提示上做了以下三項主要的體例安排：

1. 動詞及搭配語等用法代換（以底線標示）

例：**試験に合格する/受かる/通る。**　即：

＝試験に合格する。
＝試験に受かる。
＝試験に通る。

例：**扇風機を弱/弱めにする。**　即：

＝扇風機を弱にする。
＝扇風機を弱めにする。

2. 名詞代換（以波浪線標示）

例：**お風呂/湯船/浴槽に浸かる。**　即：

＝お風呂に浸かる。
＝湯船に浸かる。
＝浴槽に浸かる。

3. 括號內可省略

例　**コンタクト(レンズ)をはめる。**　即：

＝コンタクトをはめる。
＝コンタクトレンズをはめる。

生活日語短句通

我的一天

始まり
目覚ましが鳴る。
トイレに行く。
歯磨きをする。
髪をとかす。
家を出る。
駅まで自転車で行く。
改札を通る。
電車に乗る。
電車を降りる。
改札を出る。
出社する。
カードを通す。
パソコンの電源を入れる。

我的一天

メールを送受信(そうじゅしん)する。

文書(ぶんしょ)を書(か)く。

書類(しょるい)を整理(せいり)する。

仕事(しごと)を頼(たの)まれる。

残業(ざんぎょう)する。

退社(たいしゃ)する。

家(いえ)に帰(かえ)る。

電気(でんき)をつける。

部屋着(へやぎ)に着替(きが)える。

ご飯(はん)を食(た)べる。

テレビを見(み)る。

お風呂(ふろ)に入(はい)る。

寝(ね)る。

終(お)わり

☑ 一天的開始

1 鬧鐘鈴響

目(め)覚(ざ)ましが鳴(な)る。

2 醒來

目(め)が覚(さ)める。 註❶

3 按停鬧鐘

目(め)覚(ざ)ましを止(と)める。

4 賴床

ベッドでぐずぐずする。

5 伸懶腰

伸(の)びをする。

6 起床

起(お)きる。 註❶

7 上廁所

トイレに行(い)く。 註❷

8 去洗臉間

洗面所(せんめんじょ)に行(い)く。

9 洗臉

顔(かお)を洗(あら)う。

10 刷牙

歯磨(はみが)きをする。

11 照鏡子

鏡(かがみ)を見(み)る。

12 梳頭髮

髪(かみ)をとかす。

13 換衣服

着(き)換(が)える。

14 吃早餐

朝食(ちょうしょく)を食(た)べる。

15 整理服裝儀容

身(み)なりを整(ととの)える。

16 出門

家(いえ)を出(で)る。

- 「目が覚める」是指睜開眼睛醒來；「起きる」等同「目が覚める」，但另外還有起床、下床的含意。
- 「トイレに行く」字面上是去廁所，但通常是去「上廁所」的含蓄說法。

☑ 通勤途中

1 騎腳踏車到車站

駅(えき)まで自転車(じてんしゃ)で行(い)く。

2 停好腳踏車

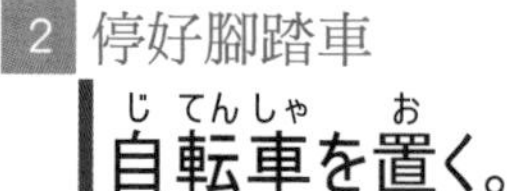

自転車(じてんしゃ)を置(お)く。

3 進入車站

駅(えき)に入(はい)る。

4 通過剪票口

改札(かいさつ)を通(とお)る。

5 在月台等電車

ホームで電車(でんしゃ)を待(ま)つ。

6 坐上電車

電車(でんしゃ)に乗(の)る。

7 找位子

席(せき)を探(さが)す。

8 往(車)裡面擠

奥(おく)に詰(つ)める。

9 抓住吊環

つり革(かわ)につかまる。

10	佔好站的位置 た　い ち　かくほ **立ち位置を確保する。**	
11	看車廂廣告 なか づ　こうこく　み **中吊り広告を見る。**	註❶
12	睡覺 ね **寝る。**	註❶
13	用手機傳簡訊 けいたい でん わ **携帯(電話)でメールをする。**	註❶
14	抵達要下車的車站 お　えき　つ **降りる駅に着く。**	
15	下車 でんしゃ　お **電車を降りる。**	
16	出剪票口 かいさつ　で **改札を出る。**	

● 根據問卷調查，日本人搭電車時最常做的三件事，分別是：看車廂廣告→睡覺→打簡訊。「中吊り広告」是日本的電車或公車車上懸吊在走道上方廣告的專有名稱。

☑ 在公司

1 進公司

出社(しゅっしゃ)する。

2 刷卡

カードを通(とお)す。

3 打開電腦

パソコンの電源(でんげん)を入(い)れる。

4 開啟網頁

インターネットを開(ひら)く。

5 接發郵件

メールを送受信(そうじゅしん)する。

6 打電話

電話(でんわ)をかける。

7 寫文件

文書(ぶんしょ)を書(か)く。

8 製作資料

資料(しりょう)を作(つく)る。

9 吃午餐

昼食(ちゅうしょく)を取(と)る。

10 回到工作崗位 仕事（しごと）に戻（もど）る。	
11 整理文件 書類（しょるい）を整理（せいり）する。	
12 把文件拿給上司看 書類（しょるい）を上司（じょうし）に渡（わた）す。	
13 被交待工作 仕事（しごと）を頼（たの）まれる。	註❶
14 加班 残業（ざんぎょう）する。	
15 整理桌子 机（つくえ）を片付（かたづ）ける。	註❷
16 下班 退社（たいしゃ）する。	

● 「仕事を頼まれる」是指受到別人工作上的請託，這裡因為設定為來自上司的要求，所以譯成「交待」。

● 如果把這句話改成了「仕事を片付ける」，意思是「把工作做個收尾」。

☑ 一天的結束

1 買晚餐要吃的東西

夕飯(ゆうはん)の買(か)い物(もの)をする。

2 回家

家(いえ)に帰(かえ)る。

3 開燈

電気(でんき)をつける。

4 洗手

手(て)を洗(あら)う。 註❶

5 漱口

うがいをする。 註❶

6 換家居服

部屋着(へやぎ)に着替(きが)える。

7 做菜

料理(りょうり)を作(つく)る。

8 吃飯

ご飯(はん)を食(た)べる。

9 喝啤酒

ビールを飲(の)む。 註❷

10 看電視

テレビを見(み)る。

11 收拾碗筷、洗碗等

食事(しょくじ)の後片付(あとかたづ)けをする。

12 洗澡

お風呂(ふろ)に入(はい)る。

13 把頭髮弄乾

髪(かみ)を乾(かわ)かす。

14 上床

ベッドに入(はい)る。

15 看書

本(ほん)を読(よ)む。

16 睡覺

寝(ね)る。

- 冬天是容易感冒的季節，許多日本人相信，回家後或是一天早晚兩次的洗手與漱口，可以減少病菌感染，預防感冒。
- 日本人喜歡喝啤酒，根據問卷調查，許多人認為夏天在泡澡後，冬天則是在吃火鍋時所喝的啤酒最可口。

電器類
居家類
隨身小物
穿著類
交通工具

慣用搭配句

電話 / 電話(でんわ)

電話鈴響	
電話(でんわ)が鳴(な)る。	
打電話	
電話(でんわ)をする/かける。	
接電話	
電話(でんわ)に出(で)る。	
拿起電話/話筒	
電話(でんわ)/受話器(じゅわき)を取(と)る。	
掛電話	
電話(でんわ)を切(き)る。	
講電話	
電話(でんわ)で話(はな)す/会話(かいわ)する。	
按電話號碼	
電話番号(でんわばんごう)を押(お)す。	
打錯電話	
間違(まちが)い電話(でんわ)をかける。	

☑ 更多相關句

轉接電話 電話(でんわ)をつなぐ/回(まわ)す/取(と)り次(つ)ぐ。	
把電話交給別人聽 [人(ひと)に]電話(でんわ)を代(か)わる。	
按保留請對方稍等 電話(でんわ)を保留(ほりゅう)にする。	
電話不通 電話(でんわ)が通(つう)じない。	
對方的電話佔線中 (相手(あいて)の)電話(でんわ)が話中(はなしちゅう)/通話中(つうわちゅう)。	
對方講電話的聲音太小聲 電話(でんわ)が遠(とお)い。	註❶
有插撥電話進來 キャッチホンが入(はい)る。	
電話通話中斷線 電話(でんわ)が切(き)れる。	
結束通話 電話(でんわ)を終(お)える。	

手機／携帯(けいたい)(電話(でんわ))・ケータイ

手機鈴響 携帯(けいたい)/ケータイが鳴(な)る。	
接聽手機 携帯(けいたい)/ケータイに出(で)る。	
手機設定成靜音振動模式 携帯(けいたい)をマナーモードにする。	註❶
解除靜音振動模式 携帯(けいたい)のマナーモードを解除(かいじょ)する。	
手機收不到訊號 携帯(けいたい)が圏外(けんがい)になる。	
用手機打簡訊 携帯(けいたい)でメールを打(う)つ。	註❷
用手機打電話 携帯(けいたい)で電話(でんわ)(を)する。	
手機充電 携帯(けいたい)を充電(じゅうでん)する。	

☑ 更多相關句

手機開機 携帯(けいたい)の電源(でんげん)を入(い)れる/オンにする。	
手機關機 携帯(けいたい)の電源(でんげん)を切(き)る/オフにする。	
手機沒電 携帯(けいたい)の電池(でんち)が切(き)れる。	
電量顯示只剩下一格 電池(でんち)マークが1個(いっこ)/1(ひと)つになる。	
電量顯示滿格 電池(でんち)マークが満(まん)タンになる。	註❸
手機電波顯示有3格 携帯(けいたい)のアンテナが3本(さんぼん)立(た)つ。	
手機電波顯示沒有半格 携帯(けいたい)のアンテナが0本(ゼロほん)になる。	
更換手機待機畫面 携帯(けいたい)の待(ま)ち受(う)け画面(がめん)を変(か)える。	
下載手機來電鈴聲 着信音(ちゃくしんおん)/着(ちゃく)メロ/着(ちゃく)うたをダウンロードする。	註❹

☑註-電話

・電話が遠い　　講電話的聲音有點遠

這句話其實就是指對方講電話的音量太小聲的意思，但這麼直接說有失禮貌，所以日本人習慣用「電話が遠いようですが」來表示。

☑註-手機

・マナーモード　　手機靜音模式

源自"manner mode"，屬於和製英語，直譯是「禮貌模式」，非常日本式的發想。

・携帯でメールを打つ　　用手機打簡訊

據統計，日本年輕人最常使用的手機功能是打簡訊，其次才是通話。日本的手機簡訊系統在申請門號時，除了電話號碼，電信業者還會給你一組類似電子信箱的網址作為傳簡訊使用，所以他們傳的簡訊其實也是一種電子郵件。

・満タン　　充電滿格

「タン」指的是"tank"；「満タン」通常用在汽車加油時，意思是把油箱加滿。用於手機訊號時，則是指「充電滿格」的狀態。

・着信音、着メロ、着うた　　來電答鈴

「着信音」為來電答鈴，其中又細分成只有旋律的「着メロ」(「メロ」指的是"melody")，以及有人聲的歌曲「着うた」。

電燈 / 電気・ライト

	註
開燈 電気/ライト/ランプをつける。	❶
關燈 電気/ライト/ランプを消す。	
隨手關燈 電気をこまめに消す。	
電燈不會亮 電気がつかない。	
電燈很慢才亮 電気がつくのが遅い。	
電燈燈光很暗 電気が暗い。	
換電燈泡 電球を交換する/取り替える。	
日光燈一直閃 蛍光灯が点滅する。	

開關/スイッチ
電源/電源（でんげん）
插頭/プラグ

打開開關/電源 スイッチ/電源（でんげん）を入（い）れる。	
按下開關 スイッチを押（お）す。	
關掉開關 スイッチを切（き）る。	
關閉電源 電源（でんげん）を切（き）る/落（お）とす。	註❶
打開電源 電源（でんげん）をオンにする。	
關掉電源 電源（でんげん）をオフにする。	
把插頭插在插座 プラグをコンセントに差（さ）し込（こ）む/挿（さ）す。	
隨手拔插頭 プラグ/コンセントをこまめに抜（ぬ）く。	註❷

☑ 更多相關句

中文	日文	註
電源開啟	電源(でんげん)が入(はい)る。	
電源突然關閉	電源(でんげん)が落(お)ちる。	
跳電	ブレーカ/電気(でんき)が落(お)ちる。	註❸
停電	停電(ていでん)になる。	
停電	電気(でんき)が止(と)まる。	
斷電	電気(でんき)を止(と)める/切(き)る。	
遭到斷電	電気(でんき)が止(と)められる。	
使用獨立開關插座	スイッチ付(つ)きコンセント/節電(せつでん)タップを使(つか)う。	註❹
拔掉電源/電線	電源(でんげん)/電源(でんげん)コードを抜(ぬ)く。	

電視 / テレビ

開電視 テレビをつける。	註❶
關電視 テレビを消(け)す。	
打開電視電源 テレビの電源(でんげん)を入(い)れる。	
切掉電視電源 テレビの電源(でんげん)を切(き)る。	
看電視 テレビを見(み)る。	
用遙控器選台 リモコンでチャネルを選(えら)ぶ。	
按遙控器 リモコンを押(お)す。	
轉台 チャネルを変(か)える/切(き)り替(か)える。	

☑ 更多相關句

音量調大 音量（おんりょう）/ボリュームを上（あ）げる。	
音量調小 音量（おんりょう）/ボリュームを下（さ）げる。	
轉靜音 音量（おんりょう）/音声（おんせい）をミュートにする。	
解除靜音 ミュートを解除（かいじょ）する。	
切換到副聲道 副音声（ふくおんせい）に切（き）り替（か）える。	
轉回主聲道 主音声（しゅおんせい）に戻（もど）す。	
一直開著電視 テレビをつけっぱなしにする。	註❷
廣告太多 CM（の回数（かいすう））が多（おお）い。	註❸
一到播廣告時就去上廁所 CMになるとトイレに行（い）く。	

☑ 註 - 電燈

・電気、ライト、ランプ　　　　電燈

「電気」基本定義是電流，日常生活中經常代替「電灯(でんとう)(電燈)」使用。

「ライト」意指照明，相當於「明(あ)かり」。

「ランプ」早期是煤油燈，如今則是指現代燈具。

☑ 註 - 電源開關

・電源を切る　　　　關閉電源

・電源を落とす　　　　關閉電源

二種說法基本上同義，但「電源を落とす」主要用在電腦的周邊設備。

・プラグ　コンセント　　　　插頭；插座

「プラグ」是插頭，「コンセント」是插座，但偶爾會聽到日本人用「コンセントを抜く」表示拔掉插座上的插頭，雖然是誤用，一般仍可理解。

・ブレーカ　　　　無熔絲開關

指配電盤上的斷電開關，跳電後只須重新扳上開關，使用方便，沒有傳統保險絲燒斷後須替換的問題。

・スイッチ付きコンセント　　　　獨立開關插座

指的是插座附有獨立開關設計的延長線或分接插頭，因為方便切斷電源，可節省待機耗電，又名「節電タップ」。

☑ 註-電視

・テレビをつける　開電視

「つける」原意是點燃，漢字可以寫成「点(つ)ける」，例如：「火(ひ)を点ける」。

作啟動電器解釋時，一般不寫漢字，只作「つける」，傳統用法是搭配光電或熱源類的電器，例如：「電気をつける」(電燈)、「テレビをつける」(電視)、「ストーブをつける」(暖爐)等。

・テレビをつけっぱなし　一直開著電視

意思是打開電視後，不一定坐在電視機前觀看，即使去做其他事也一直開著不去動它。

「～っぱなし」漢字寫作「～っ放し」，接在動詞連用形之後，具有放任該動作結果不去理會的用法。

・CM(の回数)が多い　廣告太多

意思是指在正常節目時段中，插入廣告的次數太多。「CM」可以讀作「シーエム」或「コマーシャル」。

收音機／ラジオ
音響／コンポ

開收音機 ラジオをつける／かける。	註❶
關掉收音機 ラジオを消す／止める。	
打開音響電源 コンポの電源を入れる。	註❷
切掉音響電源 コンポの電源を切る。	
打開ＣＤ托盤 CDトレイを開ける。	
放入ＣＤ CDを入れる／挿入する。	
取出ＣＤ CDを出す／取り出す。	
退回ＣＤ托盤 CDトレイを閉める。	

☑ 更多相關句

轉動調頻旋鈕 （チューニング）ダイヤルを回（まわ）す。	
調到NHK頻道 NHKにチューニングする。	
將調頻對準NHK頻道 NHKにチューニングを合（あ）わせる。	
聽收音機 ラジオを聴（き）く。	註❸
按PLAY鍵播放音樂 曲（きょく）を再生（さいせい）する。	
播放歌曲 曲（きょく）を流（なが）す。	
調整音量 音量（おんりょう）/ボリュームを調整（ちょうせい）する。	
跳歌 曲（きょく）を飛（と）ばす。	
歌曲按停 曲（きょく）を止（と）める。	

☑註-收音機、音響

·ラジオをかける　開收音機

「かける」作啟動電器解釋的例子比「つける」少，常見的除了「ラジオをかける」之外，還有「エアコンをかける」(開冷氣使涼爽)、「掃除機をかける」(用吸塵器掃過)等，語感上除了啟動，還帶有使運轉效能覆蓋、遍及的含意。

例如「かける」另外也作下列用法：

音楽をかける。　播放音樂
ＣＤをかける。　播放ＣＤ

這時等於「音楽/CDを再生(さいせい)する」。附帶一提，如果是mp3，一般是作下列說法：

(○) mp3を再生する。　播放mp3
(？) mp3をかける。

·コンポの電源を入れる　開音響

日語中用來表示啟動電器的說法不只一種，而且多數都有習慣用法，但新型電器較缺少統一的固定搭配語，遇到這種情形時，用「電源を入れる(開啟電源)」或許是最不出錯的說法。

·ラジオを聴く　聽收音機

慣用句。不適合套用到音響「コンポ」上。

(？) コンポを聴く。

電風扇／扇風機(せんぷうき)

	註
開電風扇 扇風機(せんぷうき)をつける／回(まわ)す。	❶
關掉電扇 扇風機(せんぷうき)を消(け)す／止(と)める。	
把電扇轉強 扇風機(せんぷうき)を強(きょう)／強(つよ)めにする。	
把電扇轉弱 扇風機(せんぷうき)を弱(じゃく)／弱(よわ)めにする。	
讓電扇的頭轉動 扇風機(せんぷうき)を首(くび)振(ふ)りにする。	
固定電扇的頭不要轉 首(くび)振(ふ)りを停止(ていし)する／止(と)める。	
讓電扇的頭朝上 扇風機(せんぷうき)を上(うわ)向(む)きにする。	
利用電扇讓空氣對流 扇風機(せんぷうき)で空気(くうき)を循環(じゅんかん)させる。	

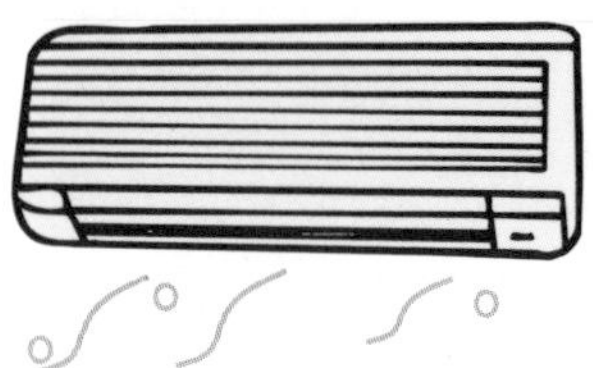

冷氣/冷房（れいぼう） 暖氣/暖房（だんぼう）

開冷氣機	エアコン/クーラーをつける/入（い）れる/かける。	註❶
關冷氣機	エアコン/クーラーを消（け）す/切（き）る/止（と）める。	
開冷氣	冷房（れいぼう）を入（い）れる/つける/かける。	註❷
關冷氣	冷房（れいぼう）を切（き）る/止（と）める/消（け）す。	
開暖爐	ストーブ/ヒーターをつける。	註❸
關暖爐	ストーブ/ヒーターを消（け）す。	
開暖氣	暖房（だんぼう）を入（い）れる/つける/かける。	
關暖氣	暖房（だんぼう）を切（き）る/消（け）す/止（と）める。	註❹

☑ 更多相關句

■ 冷氣很強

エアコン/クーラー/冷房(れいぼう)が効(き)いている。

■ 冷氣很冷

エアコン/クーラー/冷房(れいぼう)が寒(さむ)い。

■ 冷氣不涼

エアコン/クーラー/冷房(れいぼう)が効(き)かない。

■ 房間不涼

部屋(へや)が冷(ひ)えない。

■ 把冷氣轉弱

冷房(れいぼう)を弱(よわ)める。

■ 把冷氣轉強

冷房(れいぼう)を強(つよ)める。

■ 將冷氣溫度設在27度

冷房(れいぼう)を２７(にじゅうなな)度(ど)に設定(せってい)する。

■ 設定時間

タイマーをセットする/かける/設定(せってい)する。

■ 冷氣機漏水

エアコン/クーラーから水漏(みずも)れする。

☑ 註 - 電風扇

・扇風機を回す　　　　　　開電風扇

利用旋轉原理的電器經常使用「回す」這個動詞來表示啟動，除了電風扇之外，洗衣機、洗碗機也使用這個字。例如：

洗濯機（せんたくき）を回す。　　啟動洗衣機
食洗機（しょくせんき）を回す。　　啟動洗碗機

＊「食洗機」為「食器（しょっき）洗濯機」的縮略

☑ 註 - 冷氣、暖氣

・エアコン/クーラーを入れる　　啟動冷氣機

「エアコン」指的是空調機，通常兼具冷暖氣效果，只具冷氣效果的機種則稱作「クーラー」，但一般人在稱呼時多半混用。

「入れる」在這裡是使機械接上電的意思，常與固定名詞搭配，例如「エンジンを入れる」(啟動引擎)，以及前面介紹過的「スイッチ、電源、エアコン、クーラー、冷房、暖房…」。

・冷房　　　　　　　　冷氣

「冷房」的意思是使室內降溫，同時兼具冷氣機、冷氣設備的含意；反義字「暖房」亦同，既有使室內溫暖的含意，也可以表示暖氣設備。

・ストーブ、ヒーター　暖爐

「ストーブ」是暖爐的通稱，例如煤油暖爐(石油(せきゆ)ストーブ)、石英管電暖器(電気ストーブ)等。
新式暖爐則喜歡用「ヒーター」命名，例如「カーボンヒーター(碳素燈式遠紅外線電暖器)」。

啟動與關閉暖爐的習慣說法，搭配的動詞分別是「つける」與「消す」。

・切る、消す、止める　關閉，停掉

這三個字雖然都是指停止機器的運轉，用法上還是有些差異。

「切る」　意思是指「切斷」電源。
「消す」　指的是使機器的影響「消失」「熄滅」。
「止める」　意思是「停止」機器運作。

尤其是「消す」，最標準的用法就是「電気、テレビ、ストーブ」等發光或熱源類的電器。

電腦／パソコン

開啟電腦 パソコンをつける。	
開啟電腦的電源 パソコンの電源（でんげん）を入（い）れる。	
切掉電腦的電源 パソコン（の電源（でんげん））を切（き）る／落（お）とす。	
開機 パソコンを立（た）ち上（あ）げる／起動（きどう）する。	註❶
關機 パソコンを終了（しゅうりょう）する／シャットダウンする。	註❷
打電腦 パソコンを使（つか）う／する。	
電腦開機慢 パソコンの起動（きどう）が遅（おそ）い。	
電腦跑得很慢 パソコンが重（おも）い／遅（おそ）い。	註❸

☑ 更多相關句

電腦當機 パソコンがフリーズする/ダウンする。	
電腦當機 パソコンが動(うご)かない/固(かた)まる。	
強制電腦關機 パソコンを強制終了(きょうせいしゅうりょう)する/させる。	
重新開機 パソコンを再起動(さいきどう)する/させる。	
電腦無法開機 パソコンが起動(きどう)できない/立(た)ち上(あ)がらない。	
電腦中毒 パソコンが(ウイルスに)感染(かんせん)する。	
執行電腦掃毒 ウイルスチェック(を)する。	註❹
把電腦拿去送修 パソコンを修理(しゅうり)に出(だ)す。	
電腦壞了 パソコンが壊(こわ)れる。	

☑註 - 電腦

・立ち上げる、起動する　開機

意指啟動電腦作業系統，按照順序應該是「パソコンの電源を入れる」→「OSを立ち上げる/起動する」。「OS」是作業系統"Operating System"的縮寫。

他動詞「立ち上げる」有對應的自動詞「立ち上がる」：

パソコンを立ち上げる。　啟動電腦　（他動）
パソコンが立ち上がる。　電腦啟動　（自動）

而「起動する」則是自他同形動詞：

パソコンを起動する。　啟動電腦　（他動）
パソコンが起動する。　電腦啟動　（自動）
パソコンを起動させる。　使電腦啟動　（他動使役）

・終了する、シャットダウンする　關機

「シャットダウンする」專指關閉電腦作業系統，「終了する」則泛指終止電腦主機或電腦軟體的運作。

・パソコンが重い　電腦跑得慢

「重い」在這裡的解釋是「（電腦跑的速度）遲鈍、不輕快」。

・ウイルスチェックをする　掃毒

另有「ウイルス検索をする」及「ウイルス検査をする」的說法，「ウイルス検査」同時也用在指傳染病病毒檢驗。

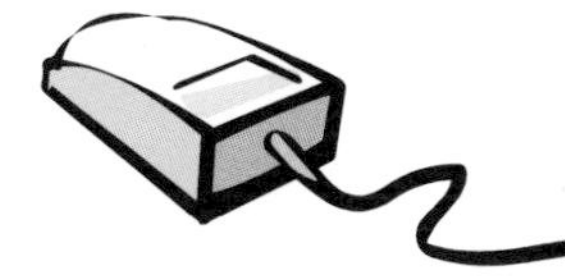

滑鼠 / マウス

移動滑鼠 マウスを移動(いどう)する／動(うご)かす。	
移動游標 カーソルを移動(いどう)する／動(うご)かす。	
用滑鼠點擊 マウスでクリックする。	
雙擊圖示 アイコンをダブルクリックする。	
在電腦桌面按右鍵 デスクトップを右(みぎ)クリックする。	
拖曳檔案 ファイルをドラッグする。	
捲動電腦頁面 画面(がめん)をスクロールする。	
這個滑鼠不好操作 マウスの調子(ちょうし)が悪(わる)い。	

電腦周邊機器

パソコン周辺機器(しゅうへんきき)

把印表機接到電腦 パソコンにプリンタを接続(せつぞく)する/繋(つな)ぐ。	
打鍵盤 キーボード/キーを打(う)つ。	
插入隨身碟 USBメモリを差(さ)し込(こ)む/接続(せつぞく)する。	註❶
拔除隨身碟 USBメモリを抜(ぬ)く/外(はず)す。	
置入碟片 ディスクを入(い)れる/挿入(そうにゅう)する。	
讀取碟片 ディスクを読(よ)み込(こ)む/読(よ)み取(と)る。	
退出碟片 ディスクを取(と)り出(だ)す/出(だ)す。	
盯著螢幕看 モニターを見(み)る。	

☑ 更多相關句

從數位相機裡抓取影像(到電腦) デジカメから画像/映像を取込む。	註❷
輸入文字 文字を入力する/入れる。	
列印檔案 ファイルをプリントアウトする。	
開啟軟體 ソフトを起動する/立ち上げる。	
關閉軟體 ソフトを終了する/させる。	
灌入驅動程式 ドライバを入れる/インストールする。	註❸
移除驅動程式 ドライバを削除する/アンインストールする。	
(電腦)讀不到隨身碟 USBメモリが認識されない。	
打開電腦D槽 Dドライブを開く。	註❸

網路／インターネット

上網 インターネット／ネット（を）する。	
將電腦連上網路 パソコンをインターネットに接続（せつぞく）する／繋（つな）ぐ。	
中斷網路連線 インターネット（接続（せつぞく））を切断（せつだん）する。	
網路無法連線 インターネットに接続（せつぞく）／アクセスできない。	
網路無法連線 インターネットが繋（つな）がらない。	
開啟網頁 インターネットを開（ひら）く。	註❶
瀏覽網頁 インターネットを見（み）る／閲覧（えつらん）する。	註❶
關閉網頁 インターネットを閉（と）じる。	註❶

☑ 更多相關句

網路速度慢	インターネットが遅(おそ)い。	
在網路上搜尋	インターネットで検索(けんさく)する。	註❷
上網閒逛	ネットサーフィン(を)する。	註❸
在網路下載免費軟體	ネットでフリーソフトをダウンロードする。	
在網路購物	ネットで買(か)い物(もの)(を)する。	
在網路購物	ネットショッピング(を)する。	
在網路上聊天	ネットでチャット(を)する。	
開啟網站	ホームページ/(WEB(ウェブ))サイトを開(ひら)く。	註❹
關閉網站	ホームページ/(WEB(ウェブ))サイトを閉(と)じる。	

電子郵件／電子（でんし）メール

寄電子郵件 メール（を）する。	註❶
寄電子郵件 (e)メール／電子（でんし）メールを送（おく）る。	註❷
寄電子郵件 メールを送信（そうしん）する。	
收電子郵件 メールを受（う）け取（と）る／受信（じゅしん）する。	
收發電子郵件 メールを送受信（そうじゅしん）する。	
回覆電子郵件 メールに返信（へんしん）する／返事（へんじ）する。	
寫電子郵件 メールを打（う）つ／書（か）く。	
群組寄出多封電子郵件 メールを流（なが）す。	

☑ 更多相關句

在郵件中附加檔案

メールにファイルを添付（てんぷ）する。

轉寄電子郵件

メールを転送（てんそう）する。

刪除垃圾電子郵件

迷惑（めいわく）メール／スパムメールを削除（さくじょ）する。

查看電子郵件

メールをチェックする／確認（かくにん）する。

查看電子郵件

メールチェック(を)する。

電子郵件寄到信箱

メールが届（とど）く。

電子郵件沒寄到信箱

メールが届（とど）かない。

電子郵件跑到垃圾筒裡

メールがゴミ箱（ばこ）に入（はい）る。

互相告知電子信箱網址

メールアドレス／メアド／メルアドを交換（こうかん）する。 註❸

☑ 註－電腦周邊機器

・USBメモリを差し込む　插入隨身碟

・USBメモリを接続する　插入隨身碟

「差し込む」為一般用法，正式說法是「接続する」。

・画像、映像　影像

「画像」指的是相片等靜態圖像，「映像」則是指動態的影片。附帶一提，數位相機「デジカメ」這個字是來自「デジタルカメラ」的縮寫。

・ドライバ　ドライブ　驅動程式；槽

留意這兩個字的差別：「ドライバ」是指驅動程式，「ドライブ」則是電腦外接周邊機器或硬碟分割時所產生的擴充「槽」。

「ドライバ」亦可作「ドライバー」。

☑ 註－網路

・インターネット　網頁

這裡的「インターネット」意思是指「ウェブページ」，為非正式用法，但很常見。

・インターネットで検索する　在網路上搜尋

這句話等於動詞「ネット検索する」。

・ネットサーフィンをする　　上網閒逛

字源出自英文"Net-surfing"，指連結到一個又一個的網站瀏覽，不管是上網找資料，或漫無目的打發時間都算「ネットサーフィンをする」。

・ホームページ　　網站

「ホームページ」在日文裡是個多義字，原本是指網站首頁(トップページ)，接著擴及作所有網頁(ウェブページ)解釋，最後更等同於網站「ウェブサイト」。

類似用語還有瀏覽器首頁，日文的說法是「スタートページ」。

☑ 註-電子郵件

・メールする　　寄電子郵件

日本的手機簡訊系統，運作原理和電子郵件相似，所以用手機傳簡訊的日文也是「メールする」。

・メール、eメール、電子メール　　電子郵件

電子郵件的完整說法是「電子メール」，至於「eメール」則是直接轉自英文"e-mail"，但一般人最常用的還是略語「メール」。

・メールアドレス　　電子信箱網址

即"mail address"，日本人有時會簡化成「メアド」或「メルアド」。

門／ドア

敲門	
ドアを叩(たた)く／ノックする。	
開門	
ドアを開(あ)ける。	
關門	
ドアを閉(し)める。	
門打不開	
ドアが開(あ)かない。	
門關不上	
ドアが閉(し)まらない。	
將門上鎖	
ドアに鍵(かぎ)をかける。	
門上了鎖	
ドアに鍵(かぎ)がかかっている。	
轉動門把	
(ドア)ノブを回(まわ)す。	

鑰匙、鎖 / 鍵（かぎ）

上鎖 鍵（かぎ）をかける/する。	註❶
開鎖 鍵（かぎ）を開（あ）ける。	註❷
用鑰匙打開 鍵（かぎ）で開（あ）ける。	註❷
上了鎖 鍵（かぎ）がかかる。	
鎖打不開 鍵（かぎ）が開（あ）かない。	
插入鑰匙 鍵（かぎ）を差（さ）し込（こ）む。	
轉動鑰匙 鍵（かぎ）を回（まわ）す。	
配備用鑰匙 合鍵（あいかぎ）/スペアキーを作（つく）る。	

樓梯 / 階段(かいだん)

爬樓梯

階段(かいだん)を上(あ)がる/登(のぼ)る。

下樓梯

階段(かいだん)を下(お)りる/降(お)りる。

跑著上樓梯

階段(かいだん)を駆(か)け上(あ)がる。

從樓梯上跌下來

階段(かいだん)から落(お)ちる。

一次走兩個階梯上樓

階段(かいだん)を2段(にだん)飛(と)びで上(あ)がる。

覺得爬樓梯很累

階段(かいだん)がきつい。

樓梯很陡

階段(かいだん)が急(きゅう)です。

手扶著扶手爬樓梯

手(て)すりを持(も)って階段(かいだん)を上(あ)がる。

鬧鐘／目覚まし時計

鬧鐘鈴響 目覚まし（時計）が鳴る。	
設定鬧鐘 目覚まし（時計）をセットする／設定する。	
設定鬧鐘 目覚まし（時計）をかける。	註❶
把鬧鈴時間設定早一些 目覚まし（時計）を早くセットする／かける。	
按停鬧鐘 目覚まし（時計）を止める。	
鬧鐘停了不走了 目覚まし（時計）が止まっている。	
鬧鐘時間慢了 目覚まし（時計）が遅れている。	註❷
設定手機的鬧鈴 携帯のアラームをセットする／設定する。	註❸

被子 / 布団（ふとん）

■ 鋪被子

布団（ふとん）を敷（し）く。 註❶

■ 攤開被子

布団（ふとん）を広（ひろ）げる。

■ 蓋被子

布団（ふとん）を掛（か）ける。

■ 拉起被子矇住頭

布団（ふとん）を被（かぶ）る。

■ 進入被窩

布団（ふとん）に入（はい）る。

■ 從被窩裡鑽出來

布団（ふとん）から出（で）る/抜（ぬ）け出（だ）す。

■ 折被子

布団（ふとん）を畳（たた）む。

■ 收拾被子

布団（ふとん）を上（あ）げる/片付（かたづ）ける。 註❷

☑ 更多相關句

曬被子
布団(ふとん)を干(ほ)す。

掀開被子 （註❸）
布団(ふとん)をめくる。

扯掉被子 （註❸）
布団(ふとん)を剥(は)ぐ。

(睡覺) 踢被子
布団(ふとん)を蹴(け)る。

(怕冷) 拉被子
布団(ふとん)を引(ひ)っ張(ぱ)る。

搶被子
布団(ふとん)を奪(うば)う。

被子蓋不暖
布団(ふとん)が暖(あたた)まらない。

被子冰冷
布団(ふとん)が冷(つめ)たい。

被子暖和
布団(ふとん)が暖(あたた)かい。

☑註-鑰匙、鎖

・鍵をかける　　上鎖

日文「鍵」這個字，既是鑰匙也是鎖，使用時要看前後文才知道作何用法。

・鍵を開ける　　開鎖

・鍵で開ける　　用鑰匙開

鍵を開ける。　→　「鍵」是鎖

鍵で開ける。　→　「鍵」是鑰匙

☑註-鬧鐘

・目覚ましをかける　　設鬧鐘

「かける」在這裡指的是機械性原理的操作，例如「ブレーキをかける(踩剎車)」與「エンジンをかける(發動引擎)」等。「目覚ましをかける」「鍵をかける」也屬於這一類型。

・時計が遅れている　　時鐘走慢了

亦可作：時計が遅(おそ)い。

其他類似說法有：

時計が進(すす)んでいる。　時鐘走快了

時計が早(はや)い。　時鐘快

時計がずれている。　時鐘不準

・携帯のアラーム　　**手機鬧鈴**

「アラーム」指的是警報器、警鈴，用在手機或時鐘上時，指的是鬧鐘的鬧鈴。

☑ 註 - 被子

・布団を敷く　　**鋪被子**

日本人傳統習慣睡在地板上，所以每次睡覺前都要先鋪床，用來作床鋪的被子，日本人便稱為「敷き布団」，除了要躺起來舒服，更重要的是要能阻絕地板底下傳來的寒氣。

・布団を上げる　　**收拾被子**

「上げる」有抬起的意思，晚上睡覺時用棉被鋪好的床，到了白天就要收起來放到壁櫥裡，才不會佔空間，這是日式臥鋪特有的情形，不適用於西式睡床。

・布団をめくる　　**掀開被子**

・布団を剥ぐ　　**扯掉被子**

「めくる」指的是翻開，例如進出被窩時；「剥ぐ」則有不自然地掀開的意思，像是叫人起床或是睡覺踢被時，用力扯開的意思。

水龍頭 / 蛇口（じゃぐち）

打開水龍頭 蛇口（じゃぐち）をひねる/回（まわ）す。	註❶
關上水龍頭 蛇口（じゃぐち）を閉（し）める/締（し）める。	註❷
水龍頭關不緊 蛇口（じゃぐち）が閉（し）まらない。	
水龍頭漏水 蛇口（じゃぐち）から水（みず）が漏（も）れる/水漏（みずも）れする。	
水龍頭滴答滴答地漏水 蛇口（じゃぐち）から水（みず）がポタポタ落（お）ちる。	
水龍頭的水流不通暢 （蛇口（じゃぐち）の）水（みず）の出（で）が悪（わる）い。	
放著水龍頭一直流 蛇口（じゃぐち）を開（あ）けっぱなしにする。	
隨手關水龍頭 蛇口（じゃぐち）をこまめに閉（し）める。	註❸

(爐)火 / (コンロの)火

點火 火を点ける/入れる。	
熄火 火を消す/止める。	
轉大火 火を強める。	
轉大火 強火にする。	註❶
轉小火 火を弱める。	
轉小火 弱火にする。	註❶
將○○放到爐火上加熱 ○○を火にかける。	註❷
將○○煮熟 ○○に火を通す。	註❸

料理工具／料理道具

用菜刀切

包丁で切る。

（將食材）放到砧板上

まな板にのせる。

蓋上保鮮膜

ラップをする／かける。

用保鮮膜包裹

ラップで包む。

用微波爐加熱

電子レンジで温める／チンする。 註❶

放進微波爐加熱

電子レンジにかける。

用果汁機打碎

ミキサーにかける。

用榨汁器榨汁

絞り器でしぼる。

☑ 更多相關句

用削皮器削皮 ピーラー/皮(かわ)むき器(き)で皮(かわ)を剥(む)く。	
用磨泥器磨泥 おろし器(き)でおろす。	
用切片器切片 スライサーで切(き)る/スライスする。	
用研磨缽磨碎 すり鉢(ばち)でする。	註❷
用瀝水籃把水瀝乾 ざるで水(みず)/水気(みずけ)を切(き)る。	
用濾網濾過 茶(ちゃ)こし/こし器(き)で漉(こ)す。	
用湯勺撈取 お玉(たま)ですくう。	
用鍋鏟(將食材)翻面 フライ返(がえ)しで返(かえ)す/裏返(うらがえ)す。	
用打蛋器攪伴 泡(あわ)だて器(き)でかき混(ま)ぜる。	

☑註-水龍頭

・蛇口をひねる　　**轉開水龍頭**

即「水を出す」。「ひねる」意指扭轉，作「蛇口をひねる」時，意指轉「開」水龍頭，注意不要誤寫成：

×蛇口を開ける。

・蛇口を閉める/締める　　**關上水龍頭**

意思等於「水を止(と)める」。

・こまめに閉める　　**隨手關掉**

「こまめに」意思是「細心勤奮的」，但是作「蛇口をこまめに閉める」時，指的是時時留意關水龍頭。

同理，「隨手關燈、關電源」的日文也可以說；「こまめに電気を消す」「こまめに電源を切る」。

☑註-(爐)火

・強火　弱火　　**大火；小火**

將爐火轉「中火」的說法是：

中火(ちゅうび)にする。　　轉中火

・○○を火にかける　　**放到爐火上加熱**

這句話裡的○○通常是鍋具，但有時也可以是食物。

フライパンを火にかける。　　把平底鍋加熱

牛乳を火にかける。　　把牛奶加熱

・〇〇に火を通す　　使煮熟

這句話裡的〇〇只適用於食物，意思是讓火的熱力傳導到食材中，例如「肉に火を通す」。

☑ 註 - 料理工具

・電子レンジでチンする　　用微波爐微波

「チンする」是模仿微波爐的加熱完成提示音，是由擬聲語演變而來的動詞。

・すり鉢でする　　用研磨鉢磨碎

「する」寫成漢字是「擂る」，「擂」有研磨、搗杵的含意，「すり鉢」的造型很類似客家擂茶時使用的研磨鉢。

打掃用具/掃除道具(そうじどうぐ)

用吸塵器吸

掃除機(そうじき)をかける。 註❶

用掃把掃

ほうきで掃(は)く。 註❷

用抹布擦拭

雑巾(ぞうきん)で拭(ふ)く。 註❸

用抹布打掃

雑巾(ぞうきん)をかける。 註❸

用拖把拖

モップをかける。

用刷子刷

ブラシで磨(みが)く/こする。

用軟毛刷掃除

刷毛(はけ)で払(はら)う/掃(は)く。

打蠟

ワックスをかける/塗(ぬ)る。 註❹

☑ 更多相關句

用滾輪黏把沾黏

粘着(ねんちゃく)ローラー/粘着(ねんちゃく)クリーナーをかける。

用畚箕收取垃圾

ちりとりでゴミを取(と)る/集(あつ)める。 註❺

噴灑洗潔劑

洗剤(せんざい)を噴(ふ)きつける/スプレーする。

用玻璃刮水器刮除水滴

スクイジーで水滴(すいてき)を取(と)る/落(お)とす。

在水桶裡裝水

バケツに水(みず)を汲(く)む/入(い)れる。

把水桶裡的水倒掉

バケツの水(みず)を捨(す)てる。

把抹布打濕

雑巾(ぞうきん)を濡(ぬ)らす。

把抹布擰乾

雑巾(ぞうきん)を絞(しぼ)る。

沖洗抹布

雑巾(ぞうきん)をすすぐ/ゆすぐ。

☑ 註-打掃用具

・掃除機をかける　　用吸塵器吸

亦可直接作「掃除機がけをする」。

・ほうきで掃く　　用掃把掃

亦常作「掃き掃除をする」的說法。

・雑巾で拭く、雑巾をかける　　用抹布擦

另有類似說法「雑巾がけをする」與「拭き掃除をする」。進一步還有乾擦與濕擦兩種說法：

乾拭(からぶ)きする。　　用乾布擦

水拭(みずぶ)きする。　　用濕布擦

・ワックスをかける　　打蠟

面狀覆蓋式的掃具，特別是「掃除機、雑巾」習慣以「かける」代替特定動詞，表示「在表面施以～」，「ワックスをかける」也是基於相同用法。

・ちりとりでゴミを取る/集める　　用畚箕收取垃圾

意思是用畚箕把掃成一堆的垃圾清走。

廁所、馬桶 /トイレ

去上廁所 トイレに行(い)く。	註❶
上廁所 トイレをする。	註❷
馬桶沖水 トイレ(の水(みず))を流(なが)す。	註❶
借廁所 トイレを借(か)りる。	
使用廁所 トイレを使(つか)う。	
馬桶不通 トイレが詰(つ)まる。	
通馬桶 トイレの詰(つ)まりを直(なお)す。	
掃廁所 トイレを掃除(そうじ)する。	

浴缸、洗澡水／お風呂（ふろ）

	註
洗澡 お風呂（ふろ）に入（はい）る。	註❶
洗好澡 お風呂（ふろ）から／を 上（あ）がる／出（で）る。	
放洗澡水 お風呂（ふろ）を入（い）れる。	
在浴缸中放洗澡水 お風呂（ふろ）にお湯（ゆ）を張（は）る／入（い）れる。	
燒洗澡水 お風呂（ふろ）を沸（わ）かす／焚（た）く。	註❷
洗澡水燒開了 お風呂（ふろ）が沸（わ）く。	
試洗澡水的水溫 風呂（ふろ）の湯加減（ゆかげん）を見（み）る／確（たし）かめる。	
洗澡水準備好了 お風呂（ふろ）の準備（じゅんび）ができる。	

☑ 更多相關句

洗澡水溫溫的不熱 風呂（ふろ）の湯（ゆ）がぬるい。	
喜歡泡熱水澡 熱（あつ）いお風呂（ふろ）が好（す）き。	
泡澡泡很久 長風呂（ながぶろ）をする。	
泡在浴缸裡 お風呂（ふろ）／湯船（ゆぶね）／浴槽（よくそう）に浸（つ）かる。	
洗澡水冷了 お風呂（ふろ）が冷（さ）める。	
把洗澡水重新加熱 風呂（ふろ）の湯（ゆ）を追（お）い焚（だ）きする。	註❷
在浴缸上加蓋保溫 お風呂（ふろ）／湯船（ゆぶね）／浴槽（よくそう）にふたをする。	註❷
把浴缸的洗澡水放掉 風呂（ふろ）の湯（ゆ）を流（なが）す／抜（ぬ）く。	
把剩下的洗澡水拿來利用 風呂（ふろ）の残（のこ）り湯（ゆ）を利用（りよう）する。	

☑註-廁所、馬桶

・トイレに行く　去廁所

・トイレを流す　沖馬桶

日文「トイレ」其實是「廁所」的意思，但經常被引伸作為馬桶「便器（べんき）」的含蓄用法。

・トイレをする　上廁所

上廁所這件事的日文，比較正式的說法是：

用（よう）を足（た）す。

順便補充上大號與上小號的說法。

大（だい）（便（べん））をする。　上大號

小（しょう）（便（べん））をする。　上小號

☑ 註－浴缸、洗澡水

・お風呂に入る　　洗澡

日文「風呂」是個多義字，有時指洗澡這件事，有時也作浴缸或洗澡水解釋，使用時經常在前面加上「お」，作「お風呂」。

・お風呂を沸かす/焚く　　燒洗澡水

・風呂の湯を追い焚きする　　重新加熱洗澡水

・お風呂にふたをする　　在浴缸上加蓋

日本人習慣泡澡，浴缸裡蓄一池熱水，全家人輪流洗，泡的都是同一缸水，所以如何維持水溫很重要。

很多日本家庭裡的浴缸都有直接加熱的設計，可以先在浴缸裡蓄滿水，再按鈕加熱，「お風呂を沸かす/焚く」就是這個意思。

既然可以把浴缸裡的冷水加熱成熱水，當然也可以把洗到一半變溫的洗澡水重新加熱囉，這時的說法是「風呂の湯を追い焚きする」。

雖然浴缸有再加熱的功能，但如果可以不使用，還是省點瓦斯好，所以在浴缸上加蓋保溫，留給下一個使用者，也是日本人特有的出浴習慣。

包包 / かばん

帶著包包 かばんを持(も)つ。	註❶
手提包包 かばんを手(て)に提(さ)げる / 下(さ)げる。	註❷
把包包掛在手腕上 かばんを腕(うで)に掛(か)ける。	
肩揹包包 かばんを肩(かた)に掛(か)ける。	
肩揹包包 かばんを肩(かた)から提(さ)げる / 下(さ)げる。	
斜揹包包 かばんをたすき掛(が)け / 斜(なな)め掛(が)けにする。	
揹背包 かばん / リュックを背負(せお)う。	註❸
放下包包 かばんを下(お)ろす。	

傘／傘（かさ）

撐傘 傘（かさ）を差（さ）す。	
開傘 傘（かさ）を開（ひら）く／広（ひろ）げる。	
收傘 傘（かさ）を閉（と）じる／すぼめる。	
折傘 傘（かさ）を畳（たた）む。	
傘開花 傘（かさ）がひっくり返（かえ）る。	
把傘上的水甩掉 傘（かさ）の水（みず）を切（き）る。	
共撐別人的傘 傘（かさ）に入（い）れてもらう。	註❶
男女共撐一把撐 相合傘（あいあいがさ）をする。	註❷

眼鏡/眼鏡(めがね)
隱形眼鏡/コンタクトレンズ

戴眼鏡 眼鏡(めがね)をかける/する。	
摘下眼鏡 眼鏡(めがね)を外(はず)す/取(と)る。	
擦眼鏡 眼鏡(めがね)を拭(ふ)く。	
配眼鏡 眼鏡(めがね)を作(つく)る。	
戴上隱形眼鏡 コンタクト(レンズ)を付(つ)ける/入(い)れる。	註❶
戴上硬式隱形眼鏡 コンタクト(レンズ)をはめる。	註❶
取出隱形眼鏡 コンタクト(レンズ)を外(はず)す。	註❷
配戴隱形眼鏡 コンタクト(レンズ)を使(つか)う/使用(しよう)する。	

手錶 / 腕時計（うでどけい）

看手錶

腕時計（うでどけい）を見（み）る。

戴手錶

腕時計（うでどけい）をする/付（つ）ける/はめる。

拿下手錶

腕時計（うでどけい）を外（はず）す。

手錶停了

腕時計（うでどけい）が止（と）まる。

手錶裡浸水

腕時計（うでどけい）に水（みず）が入（はい）る。

手錶的電池沒電了

腕時計（うでどけい）の電池（でんち）が切（き）れる。

更換手錶的電池

腕時計（うでどけい）の電池（でんち）を交換（こうかん）する。

把錶調到現在的時間

時計（とけい）を現在時刻（げんざいじこく）に合（あ）わせる。 註❶

☑註-包包

・かばんを持つ　　帶著包包

這句話沒有限定用哪種方式攜帶包包，可能是手提、手拿，或肩揹等，但背包式的揹法除外。

・かばんを手に提げる　　手提著包包

日文有一個字「手提げ」，指的是提袋或提籃，看來就是從「手に提げる」這個用法來的。

・かばん　リュック　　包包；背包

「かばん」是包包的統稱，「リュック」是「かばん」的一種，泛指背包，完整的名稱是「リュックサック」。

「リュック」還有個類義字「デイバッグ」，意指容量大約適合一日出遊使用的小型背包。

☑註-傘

・傘に入れてもらう　　共撐別人的傘

這句話如果改成「(自分の)傘に入れてあげる」，意思就成了邀請別人一起撐傘。主動搭訕時，可以參考下列說法：

一緒に行きましょう。　一起走吧

一緒(いっしょ)に傘に入(はい)りますか。　要不要一起撐傘？

・相合傘をする　　男女共撐一把傘

「相合傘」在日文裡帶有暗示共撐一把傘的男女二人之間存在著情愫，青少年之間玩湊對遊戲時常見的一個圖形(見上圖)，就稱作相合傘。

☑註-隱形眼鏡

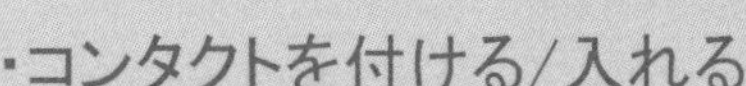

・コンタクトを付ける/入れる　　戴隱形眼鏡

・コンタクトをはめる　　戴硬式隱形眼鏡

戴隱形眼鏡的日文動詞有「付ける、入れる」以及「はめる」，其中「付ける、入れる」適用不分種類的隱形眼鏡，但「コンタクトをはめる」則僅適合硬式隱形眼鏡，軟式隱形眼鏡不這麼說。

・コンタクト(レンズ)を外す　　取出隱形眼鏡

偶爾也會有日本人用「取る」代替「外す」，但是因為「コンタクトを取る」更常用作「取得連絡」解釋，所以較不建議，除非是明確的說「コンタクト**レンズ**を取る」。

☑註-手錶

・時計　　鐘錶

「腕時計」經常省略為「時計」。

文具/文房具(ぶんぼうぐ)

用簽字筆寫

サインペンで書(か)く。

用紅筆改

赤(あか)ペンで直(なお)す。

用螢光筆做記號

蛍光(けいこう)ペンでマークする。

用修正液/修正帶蓋掉

修正液(しゅうせいえき)/修正(しゅうせい)テープで消(け)す。

用橡皮擦擦除

消(け)しゴムで消(け)す。

用尺畫線

定規(じょうぎ)/物差(ものさ)しで線(せん)を引(ひ)く。 註❶

用尺量長度

物差(ものさ)し/定規(じょうぎ)で長(なが)さを測(はか)る。 註❶

用圓規畫圓

コンパスで円(えん)を描(か)く。

☑ 更多相關句

削鉛筆 鉛筆(えんぴつ)を削(けず)る。	
用剪刀剪 はさみで切(き)る。	註❷
用刀片割 カッターで切(き)る。	註❷
貼膠帶 セロ(ハン)テープを貼(は)る。	
撕下膠帶 セロ(ハン)テープを剥(は)がす。	
用膠水黏住 のりで接着(せっちゃく)する。	
用夾子固定住 クリップで留(と)める/挟(はさ)む。	
用釘書機釘在一起 ホッチキスで留(と)める。	
貼便利貼 付箋(ふせん)を貼(は)る。	

☑註 - 文具

・定規、物差し　　　　尺，量尺

目前一般混用，但若細分，「物差し」指的是量長度時使用的尺，上面一定有刻度。「定規」指的是畫線（不管直線或曲線）或裁切時作輔助的尺，有無刻度無所謂。

・切る　　　　剪，切割

「切る」指的是用利刃分開東西，可譯成中文「切、剪、割」。

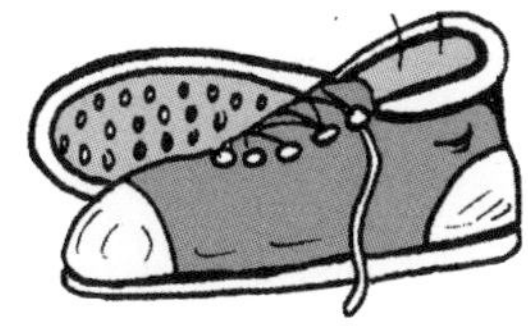

鞋子／靴（くつ）

穿鞋 靴（くつ）をはく。	
脫鞋 靴（くつ）を脱（ぬ）ぐ。	
把鞋子併攏擺好 靴（くつ）を揃（そろ）える。	
綁鞋帶 靴（くつ）ひもを結（むす）ぶ／縛（しば）る。	
解開鞋帶 靴（くつ）ひもを解（ほど）く。	
鞋帶鬆開 靴（くつ）ひもが解（ほど）ける。	
擦皮鞋 靴（くつ）を磨（みが）く。	註❶
鞋子左右腳穿反 靴（くつ）を左（さ）右（ゆう）逆（ぎゃく）にはく。	

衣服/服(ふく)

穿襯衫 ワイシャツを着(き)る。	
穿褲子 ズボン/パンツ/スラックスを穿(は)く。	註❶
穿外套 上着(うわぎ)/ジャケット/コートを着(き)る/はおる。	註❷
穿襪子 靴下(くつした)をはく。	
脫衣服 服(ふく)を脱(ぬ)ぐ。	註❸
繫領帶 ネクタイを締(し)める/する。	
拿下領帶 ネクタイを外(はず)す/取(と)る。	
鬆開領帶 ネクタイを緩(ゆる)める。	

☑ 更多相關句

扣鈕釦 ボダンを留(と)める/かける/はめる。	
解開釦子 ボダンを外(はず)す。	
扣鉤子 ホックを留(と)める/かける。	
解開鉤子 ホックを外(はず)す。	
拉上拉鏈 ファスナー/チャックを閉(し)める/上(あ)げる。	註❹
拉下拉鏈 ファスナー/チャックを開(あ)ける/下(お)ろす。	
繫腰帶 ベルトを締(し)める/する。	
取下腰帶 ベルトを外(はず)す/取(と)る。	
鬆開腰帶 ベルトを緩(ゆる)める。	

配飾 / アクセサリー

戴帽子 帽子(ぼうし)をかぶる/する。	
脫帽 帽子(ぼうし)を取(と)る/脱(ぬ)ぐ/外(はず)す。	註❶
圍圍巾/方巾 マフラー/スカーフを巻(ま)く/する。	
脫下圍巾/方巾 マフラー/スカーフを外(はず)す/脱(ぬ)ぐ/取(と)る。	註❶
別胸針/胸花 ブローチ/コサージュをつける。	
取下胸針/胸花 ブローチ/コサージュを外(はず)す/取(と)る。	
戴項鏈 ネックレスをつける/する。	
取下項鏈 ネックレスを取(と)る/外(はず)す。	

☑ 更多相關句

戴耳環 ピアス/イヤリングをつける/する。	註❷
取下耳環 ピアス/イヤリングを取(と)る/外(はず)す。	
戴戒指 指輪(ゆびわ)をはめる/する。	
摘下戒指 指輪(ゆびわ)を取(と)る/外(はず)す/抜(ぬ)く。	
戴手鏈/手環 ブレスレット/バングルをつける/はめる/する。	
取下手鏈/手環 ブレスレット/バングルを取(と)る/外(はず)す。	
戴手套 手袋(てぶくろ)をはめる/する。	
脫掉手套 手袋(てぶくろ)を外(はず)す/脱(ぬ)ぐ/取(と)る。	註❶
擦香水 香水(こうすい)をつける/する。	

☑註-鞋子

・靴を磨く　　　　擦皮鞋

日文「磨く」具有刷洗(此時等於「こする(擦る)」),與摩擦使泛出光澤二種含意,作「靴を磨く」時是後者的用法,所以解釋成「擦皮鞋」。

☑註-衣服

・ズボン、パンツ、スラックス　　　　褲子

「ズボン」泛指褲子,但愈來愈多的日本年輕人喜歡用「パンツ」代替。「パンツ」在日文裡原本是指內褲,區別的方法是:重音在前的「パンツ」是內褲,尾高音的「パンツ」指的是褲子。

不過也有日本人對於用表示內褲的「パンツ」取代「ズボン」的做法不表贊同,所以「ズボン」目前仍是常見的用語。

「スラックス」通常是指西裝褲,男女適用。同樣的,也有日本人喜歡改用「パンツ」稱呼。

附帶一提,牛仔褲的日文是「ジーンズ」;裙子的日文是「スカート」。

・上着、ジャケット、コート　　　　外套

「ジャケット」意指短外套、夾克,進了室內可繼續穿著;「コート」意指大衣,可以套在「ジャケット」上,進到室內按理必須脫掉。

「上着」是日文的說法，除了作外套解釋外，另有「上衣」的含意。

・服を脱ぐ　　　　　　　　　　脫衣服

日文裡表示穿衣、穿裙穿褲、穿鞋的動詞雖然各不相同，但是表示脫掉的動詞統一都是「脱ぐ」。

ワイシャツ　を 着る　⇔ 脱ぐ
スカート　を 穿く　⇔ 脱ぐ
靴　を はく　⇔ 脱ぐ

・ファスナー、チャック　　　　　拉鏈

「チャック」是日式說法，另有「ジッパー」也是指拉鏈，不過現在多數日本人喜歡用「ファスナー」這個字。

☑ 註-配飾

・脱ぐ　　　　　　　　　　脫

配飾類中，幾個類似衣著類的例如：「帽子、マフラー、スカーフ、手袋」，也適用「脱ぐ」這個動詞。

・ピアス、イヤリング　　　　　耳環

「ピアス」意指必須穿耳洞的耳環，「イヤリング」則是不須穿耳洞的夾式耳環。

電車 / 電車

搭電車

電車に乗る。

下電車

電車を降りる。

搭電車通勤 / 通學

電車で通勤する / 通学する。

快步跑進電車

電車に駆け込む。

悠閒搭乘電車

電車に揺られる。 註❶

擠進客滿的電車

満員電車に乗り込む。

沒搭上電車

電車に乗り遅れる / 乗り損ねる。

錯過最後一班電車

終電を逃す。 註❷

☑ 更多相關句

連續轉乘三班電車 電車(でんしゃ)を3本(さんぼん)乗(の)り継(つ)ぐ。	
從電車轉乘巴士 電車(でんしゃ)からバスに/へ乗(の)り換(か)える。	
轉乘○○線 ○○線(せん)に/へ乗(の)り換(か)える。	
搭錯電車 電車(でんしゃ)を乗(の)り間違(まちが)える。	
搭電車坐過站 電車(でんしゃ)を乗(の)り越(こ)す。	
下錯車站 降(お)りる駅(えき)を間違(まちが)える。	
補差額 差額(さがく)を精算(せいさん)する。	
給車票加值 カードにチャージする/入金(にゅうきん)する。	註❸
利用加值機加值 チャージ機(き)でチャージする/入金(にゅうきん)する。	

☑註-電車

・電車に揺られる　　悠閒搭乘電車

意思是坐在車內，隨著車身搖動，形容悠閒地搭乘電車或是公車等交通工具，常見於旅行遊記中。

・終電　　末班電車

完整的說法是「最終（さいしゅう）電車」，如果是公車，則可以作「終（しゅう）バス」。

附帶一提，每天第一班電車與公車的說法分別是：「始発（しはつ）電車」與「始発バス」。

・カードにチャージする　　給車票儲值

「カード」可以指卡片、信用卡、金融卡等，這裡指的是卡片式的車票「切符」。

「チャージ」是加值、儲值的意思，加值機就叫做「チャージ機」。

公車 / バス

等公車 バスを待(ま)つ。	
公車駛來 バスが来(く)る。	
搭公車 バスに乗(の)る。	
下公車 バスを降(お)りる。	
這裡不好搭公車 バスの便(びん)が悪(わる)い/少(すく)ない。	
這裡搭公車很方便 バスの便(びん)がいい/多(おお)い。	
趕上公車 バスに間(ま)に合(あ)う。	
在下一站下車 次(つぎ)のバス停(てい)で降(お)りる。	註❶

汽車／車（くるま）
計程車／タクシー

開車上班

車（くるま）で通勤（つうきん）する。

開車

車（くるま）を運転（うんてん）する。

搭便車

車（くるま）に便乗（びんじょう）する。

搭別人的車

車（くるま）に乗（の）せてもらう。

用車子載送友人

友人（ゆうじん）を車（くるま）で送（おく）る。

用車子載家人

家族（かぞく）を車（くるま）に乗（の）せる。

招計程車

タクシーを拾（ひろ）う／つかまえる。

叫計程車

タクシーを呼（よ）ぶ。

機車/バイク 腳踏車/自転車（じてんしゃ）

騎機車/腳踏車

バイク/自転車（じてんしゃ）に乗（の）る/またがる。 註❶

下機車/腳踏車

バイク/自転車（じてんしゃ）を降（お）りる。

踩腳踏車

自転車（じてんしゃ）をこぐ。

騎機車/腳踏車奔馳

バイク/自転車（じてんしゃ）で走（はし）る。 註❷

騎機車/腳踏車閒晃

バイク/自転車（じてんしゃ）でぶらぶらする。

騎機車/腳踏車載人

バイク/自転車（じてんしゃ） に/で 2人（ふたり）乗（の）りする。 註❸

機車的引擎發不動

バイクのエンジンがかからない。

腳踏車的鏈條脫落

自転車（じてんしゃ）のチェーンが外（はず）れる。

電梯／エレベーター

搭電梯

エレベーターに乗(の)る。 註❶

出電梯

エレベーターを降(お)りる／出(で)る。 註❶

電梯向上

エレベーターが上(あ)がる／上(うえ)に行(い)く。

電梯向下

エレベーターが降(お)りる／下(した)に行(い)く。

等電梯

エレベーターを待(ま)つ。

電梯客滿

エレベーターが満員(まんいん)になる。

電梯在５樓停住

エレベーターが5階(ごかい)で止(と)まる。

被關在電梯裡

エレベーターに閉(と)じ込(こ)められる。

手扶梯 / エスカレーター

搭手扶梯 エスカレーターに乗(の)る。	
下手扶梯 エスカレーターを降(お)りる。	
搭手扶梯上樓 エスカレーターで上(あ)がる/登(のぼ)る。	
搭手扶梯下樓 エスカレーターで下(お)りる。	
空出手扶梯的右側 エスカレーターの右側(みぎがわ)を空(あ)ける。	註❶
站在手扶梯的左側 エスカレーターの左側(ひだりがわ)に立(た)つ。	註❶
在手扶梯上用走的 エスカレーターを歩(ある)く。	註❶
被手扶梯捲進去/夾到 エスカレーターに巻(ま)き込(こ)まれる/挟(はさ)まれる。	

☑註-公車

・バス停　　公車站牌

完整的說法是「バス停留所(ていりゅうじょ)」。

☑註-機車

・バイク/自転車にまたがる　　騎車

「またがる」是跨騎的意思，適用於兩輪的交通工具。附帶一提，「バイク」在日文裡通常是指機車，但英文裡的"bike"是指腳踏車。

・バイク/自転車で走る　　騎車奔馳

如果作「車で走る」，則是指開車奔馳。順便補充飆車的日文是「バイクで暴走(ぼうそう)する」「車で暴走(ぼうそう)する」。

・自転車で2人乗り　　騎腳踏車載人

根據交通規則，腳踏車基本上只可以一個人騎，不可以載人。

☑ 註 - 電梯

・エレベーターに乗る　　搭電梯
・エレベーターを降りる　　出電梯

從所搭配的動詞「乗る、降りる」來看，「エレベーター」也是一種交通工具。類似的載具手扶梯也是相同用法。

エスカレーターに乗る。　上手扶梯
エスカレーターを降りる。　下手扶梯

☑ 註 - 手扶梯

・右側を空ける　　空出右側
・左側に立つ　　站在左側
・エスカレーターを歩く　　在手扶梯上用走的

許多國家的地鐵系統都有共同默契：搭手扶梯時靠邊站，讓出通道給快速通行的人。在日本東京，人們習慣靠左站立，讓出右側；但是在大阪，人們靠右站立，讓出左側。日本的其他城市也有各自的習慣，有些靠左，有些靠右。

個人衛生
做家事
辦公務
學校學習
搭交通工具

基本動作句

洗澡　入浴（にゅうよく）する

洗澡 お風呂（ふろ）に入（はい）る。	
洗澡 入浴（にゅうよく）する。	
淋浴 シャワーを浴（あ）びる。	註❶
淋熱水 お湯（ゆ）をかける。	
抹肥皂 せっけんをつける。	
洗身體 体（からだ）を洗（あら）う。	
沖洗身體 体（からだ）を流（なが）す/洗（あら）い流（なが）す。	
泡澡 湯（ゆ）につかる。	

洗頭 シャンプーする

洗頭 頭(あたま)/髪(かみ)(の毛(け))を洗(あら)う。	註❶
洗頭 シャンプーする。	
按摩頭皮 頭皮(とうひ)/地肌(じはだ)をマッサージする。	註❷
潤髮 リンス(を)する。	
護髮 髪(かみ)をトリートメントする。	
沖洗頭 頭(あたま)を流(なが)す/洗(あら)い流(なが)す。	
沖洗頭髮 髪(かみ)を流(なが)す/すすぐ/洗(あら)い流(なが)す。	
把頭髮吹乾或擦乾 髪(かみ)を乾(かわ)かす。	註❸

洗臉

洗顔(せんがん)する

把臉弄濕 顔(かお)を濡(ぬ)らす。	
擠或倒洗面乳在手上 洗顔料(せんがんりょう)を手(て)に取(と)る。	
搓揉起泡 泡(あわ)を立(た)てる/作(つく)る。	
把肥皂泡沫塗到臉上 泡(あわ)を顔(かお)にのせる/塗(ぬ)る。	
洗臉 顔(かお)を洗(あら)う。	
洗臉 洗顔(せんがん)する。	
沖掉肥皂泡沫 泡(あわ)を洗(あら)い流(なが)す。	註❶
擦臉 顔(かお)を拭(ふ)く。	

刷牙 歯を磨く

使用牙線棒/牙線	糸ようじ/デンタルフロスを使う。	註❶
在杯子裡裝水	コップに水を入れる/汲む。	
擠牙膏	歯磨き粉を絞り出す/押し出す。	註❷
在牙刷上擠上牙膏	歯ブラシに歯磨き粉を付ける。	
刷牙	歯を磨く。	
刷牙	歯磨きをする。	
漱口	口をすすぐ/ゆすぐ。	註❸
漱口	うがいをする。	註❸

☑註-洗澡

・シャワーを浴びる　　**淋浴**

亦可做「シャワーする」。「シャワー」指的是蓮蓬頭或是蓮蓬頭噴灑出的水，「シャワーをかける」指的是用蓮蓬頭的水柱澆灑。

☑註-洗頭

・髪、髪の毛　　**頭髮**

頭髮的日文有兩種說法，在不會誤解的情形下，通常簡單用「かみ」稱呼。

・地肌　　**頭皮**

意指「天生的肌膚」，一般是指毛髮覆蓋下的肌膚，經常借用作「頭皮」解釋。

・髪を乾かす　　**把頭髮弄乾**

弄乾頭髮的方式通常有兩種；用吹風機「ドライヤーで乾かす」，或是用毛巾「タオルで拭(ふ)く」。

用毛巾擦乾頭髮又可說成：

タオルドライする。

☑註-洗臉

・泡を洗い流す　沖掉肥皂泡沫

這裡指的是沖掉臉上的泡沫，所以也可以作：

顔を流す。

☑註-刷牙

・糸ようじ　デンタルフロス　牙線棒；牙線

「糸ようじ」是牙線棒，「ようじ」漢字寫成「楊枝」，意思是牙籤。「デンタルフロス」則是成捲的牙線，使用這種牙線清潔牙縫的動作，又稱作「フロスする」。

・歯磨き粉　牙膏

字面上是牙粉，但實際生活中看到的多半是牙膏「練り歯磨き」，只是仍習慣以「歯磨き粉」統稱。

・口をすすぐ　漱口

・うがいをする　漱口，清喉嚨

「口をすすぐ」如同字面意思，意指把口腔沖洗乾淨，「うがいをする」基本上也有相同用法，但同時又多了仰頭咕嚕咕嚕「漱到喉嚨深處」的含意。日本人認為這麼做可以預防感冒。

卸妝　化粧(けしょう)を落(お)とす

卸妝 化粧(けしょう)/メークを落(お)とす。	
卸妝 クレンジングする。	
將卸妝油在臉上塗開 クレンジングを顔(かお)にのばす/広(ひろ)げる。	註❶
用手指搓揉使卸妝油與彩妝融合 指(ゆび)でメイクとなじませる。	註❷
污垢溶入卸妝油 汚(よご)れがクレンジングになじむ。	
污垢浮出 汚(よご)れが浮(う)き上(あ)がる。	
用溫水沖洗 ぬるま湯(ゆ)で洗(あら)い流(なが)す。	
將臉沖乾淨 顔(かお)を流(なが)す/すすぐ。	

清潔 体の清潔

刮鬍子 ひげを剃(そ)る。	
剪指甲或趾甲 爪(つめ)を切(き)る。	
掏耳朵 耳掃除(みみそうじ)/耳(みみ)かきをする。	
掏耳朵 耳(みみ)をかく/ほじる/ほじくる。	
擤鼻子 鼻(はな)をかむ。	
挖鼻孔 鼻(はな)をほじる/ほじくる。	
擠青春痘 にきびをつぶす。	
去粉刺 角栓(かくせん)を取(と)る/取(と)り除(のぞ)く/除去(じょきょ)する。	註❶

護膚 スキンケアする

護膚 スキンケア(を)する。	
護膚 肌(はだ)の手(て)入(い)れをする。	
敷臉 顔(かお)をパックする。	
撕下面膜 パック/シートマスクをはがす。	註❶
洗掉面膜 パックを流(なが)す/洗(あら)い流(なが)す。	
擦化妝水 ローション/化粧水(けしょうすい)をつける/塗(ぬ)る。	
擦防曬乳液 日焼(ひや)け止(ど)め(クリーム)をつける/塗(ぬ)る。	
去角質 角質(かくしつ)を取(と)り除(のぞ)く/除去(じょきょ)する/取(と)る/落(お)とす。	

化妝 化粧(けしょう)する

化妝 化粧(けしょう)(を)する。	
上妝前乳 下地(したじ)を塗(ぬ)る/つける。	
上粉底 ファンデーションを塗(ぬ)る/つける。	
上腮紅 チークを塗(ぬ)る/入(い)れる/つける。	註❶
畫眉毛 眉(まゆ)/眉毛(まゆげ)を描(か)く。	
畫眼線 アイラインを引(ひ)く/入(い)れる/描(か)く。	註❶
塗睫毛膏 マスカラを塗(ぬ)る。	
塗口紅 口紅(くちべに)を塗(ぬ)る/つける。	

☑註-卸妝

・クレンジング　　卸妝油

「クレンジング」做卸妝產品解釋時，可能是卸妝油「クレンジングオイル」、卸妝乳「クレンジングクリーム」，或卸妝凝膠「クレンジングジェル」等不同類型產品的簡稱。

・指でメークとなじませる

這句話的完整說法是「指でクレンジングをメークとなじませる」(用手指使卸妝油與彩妝融合)，「なじませる」是「なじむ」的使役形，意思是「使融入、契合」，常見的用法如下：

乳液を肌になじませる。　使乳液被肌膚吸收
乳液が肌になじむ。　乳液被肌膚吸收

☑註-清潔

・角栓　　粉刺

我們常說的黑頭粉刺，日本人的說法是：

毛穴(けあな)の黒(くろ)ずみ

「毛穴」指的是毛細孔，「黒ずみ」則是指暗沈、黑色素沈澱，適用範圍很廣，例如：

ひざの黒ずみ　　膝蓋的黑色素沈澱

☑ 註-護膚

・パック、シートマスク　　面膜

「パック」泛指面膜，不管是片狀的或是塗的，乾了後撕掉或洗掉的都算；「シートマスク」則是專指片狀式面膜。但不論用哪種類型，「敷面膜」的動詞統一都是作下列說法：

パックをする。

☑ 註-化妝

・チークを入れる　　上腮紅

・アイラインを引く/入れる　　畫眼線

上彩妝的動詞通常都是用「塗る」「つける」，但某些部位的畫法屬於「線條」，最典型的就是畫眼線「アイラインを引く」。

「入れる」則是有「加入中間、夾雜」的意思，就臉妝而言，適用的部位主要是眼線與腮紅。

其他相關的彩妝技法還有：

ビューラーでまつげを上げる。　把睫毛夾翹
アイシャドーを塗る/つける。　塗眼影
マニキュアを塗る/つける。　塗指甲油

＊「ビューラー」是睫毛夾

整髪 スタイリングする

梳頭髮

髪(の毛)を梳かす/梳く。

綁頭髮

髪を結ぶ/束ねる。

編頭髮

髪を編む。

盤起頭髮

髪をアップにする/結う。 註❶

把頭髮收攏

髪をまとめる。 註❷

把頭髮放下

髪を下ろす。

弄頭髮造型

髪をセットする/アレンジする/スタイリングする。 註❸

染頭髮

髪を染める/カラーリングする。 註❹

☑ 註 - 整髪

・髪を結う **盤起頭髮**

傳統上，「髪を結う」經常用在形容身穿和服的女性或是相撲力士將頭髮盤起的造型。

・髪をまとめる **把頭髮收攏**

意思是不要披頭散髮。這句話也可以作：

まとめ髪(がみ)にする。

包含「髪を結ぶ」「髪を束ねる」「髪を編む」「髪をアップにする」「髪を結う」等整髮動作，都屬於「髪をまとめる」。

・スタイリング **(頭髮)造型**

髮膠等造型劑的日文說法是「スタイリング剤(ざい)」。

スタイリング剤(ざい)をつける。　抹頭髮造型劑

・髪を染める **染頭髮**

其他相關的美髮表現有：

髪を巻(ま)く。　捲頭髮
巻(ま)き髪(がみ)にする。　弄成捲髮
パーマをかける。　燙頭髮
髪をブローする。　吹整頭髮
髪を切(き)る。　剪頭髮
髪をカットする。　剪頭髮
髪を伸(の)ばす。　留長頭髮

做菜 ご飯(はん)を作(つく)る

做菜	
ご飯(はん)/料理(りょうり)を作(つく)る。	
做菜	
料理(りょうり)をする。	
淘米	
米(こめ)を研(と)ぐ。	
煮飯	
ご飯(はん)/米(こめ)を炊(た)く。	
加熱平底鍋	
フライパンを熱(ねっ)する。	註❶
把鍋子放到爐火上	
鍋(なべ)を火(ひ)にかける。	註❶
把油倒入鋪勻	
油(あぶら)を引(ひ)く/なじませる。	註❷
炒菜	
[食材(しょくざい)]を炒(いた)める。	

☑ 更多相關句

煮 [食材(しょくざい)]を煮(に)る。	
烤或煎 [食材(しょくざい)]を焼(や)く。	註❸
油炸 [食材(しょくざい)]を揚(あ)げる。	
燉煮 [食材(しょくざい)]を煮込(にこ)む。	
蒸煮 [食材(しょくざい)]を蒸(む)す。	
涼拌 [食材(しょくざい)]をあえる。	
醃漬 [食材(しょくざい)]を漬(つ)ける。	
使沸騰 [食材(しょくざい)]を沸騰(ふっとう)させる/煮立(にた)てる。	
煮沸 [食材(しょくざい)]が沸騰(ふっとう)する/煮立(にた)つ。	

☑ 更多相關句

蓋上蓋子

ふたをする/閉(し)める。

掀開蓋子

ふたを開(あ)ける/取(と)る。

煮熟

[食材(しょくざい)]が煮(に)える。

煮到湯汁收乾

[食材(しょくざい)]を煮詰(につ)める。

讓水份蒸發

水分(すいぶん)を飛(と)ばす。

讓湯汁收乾

汁気(しるけ)を飛(と)ばす。

增加濃稠度

とろみをつける。 註❹

加入調味料

調味料(ちょうみりょう)を入(い)れる。

調味

味(あじ)を付(つ)ける/調(ととの)える。

☑ 更多相關句

調味 味(あじ)付(づ)けをする。	
試嚐味道 味(あじ)見(み)する。	
試嚐味道 味(あじ)加(か)減(げん)を見る。	註❺
入味 味(あじ)が染(し)みる。	
(使食材)裹上醬汁 タレをからめる。	
淋上芡汁 あんをかける。	
盛到器皿上 器(うつわ)に移(うつ)す/盛(も)る。	
裝盤擺飾 器(うつわ)に盛(も)り付(つ)ける。	註❻
裝盤擺飾 盛(も)り付(つ)けをする。	註❻

☑ 註-做菜

・フライパン、鍋　　　鍋子

日本人炒菜用的鍋子通常是平底鍋「フライパン」，至於「鍋」一般指的是湯鍋，特殊的鍋子有另外的說法，例如中式炒菜鍋，日文是「中華鍋（ちゅうかなべ）」。

・油を引く/なじませる　　　把油倒入鋪勻

這個動作指的是使油在鍋子裡延展開，動詞「引く」在此是作塗滿、鋪勻解釋，經常有人誤寫成「敷（し）く」，但這是錯誤的用法。

「(鍋に)油をなじませる」是烹飪用語，意指先讓鍋子空燒，等燒熱到一定程度，再倒入油鋪勻，使鍋子吃油。「油を引く」則只是單純倒入油鋪勻，並沒有必須將鍋子燒熱的含意。

・焼く　　　烤或煎

在中文裡，「烤」和「煎」是兩個字，但在日文裡，動詞同樣都是「焼く」。

パンを焼く。	烤麵包
魚を焼く。	烤魚
ステーキを焼く。	煎牛排
卵（たまご）を焼く。	煎蛋

・とろみをつける　　增加濃稠度

方法是用「水溶き片栗粉(太白粉水)」勾芡，或是讓水份或湯汁燒乾揮發(水分/汁気を飛ばす)。

・味加減を見る　　試嚐味道

「加減」表示程度，常做複合字使用，例如「火加減」(火候)、「焼き加減」(煎或烤的火候)、「湯加減」(水溫)等。

・盛り付ける、盛り付けをする　　裝盤擺飾

即「きれいに盛る」，精心擺盤的意思。

備料 下(した)ごしらえをする

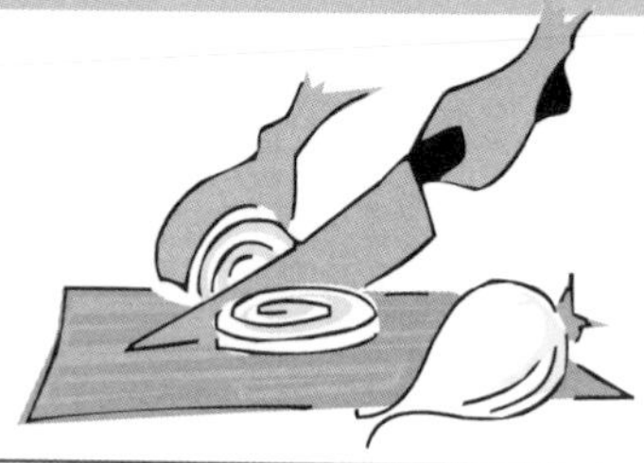

備料，預作處理 下(した)ごしらえ／下準備(したじゅんび)をする。	
洗菜 野菜(やさい)を洗(あら)う。	
去皮 皮(かわ)を剥(む)く。	註❶
殺魚 魚(さかな)をさばく／おろす。	註❷
事先調味 下味(したあじ)をつける。	
切 [食材(しょくざい)]を切(き)る／刻(きざ)む。	
切絲 [食材(しょくざい)]を千切(せんぎ)り／細切(こまぎ)りにする。	
切碎 [食材(しょくざい)]をみじん切(ぎ)りにする。	

☑ 更多相關句

水煮

[食材(しょくざい)]を茹(ゆ)でる。

汆燙

[食材(しょくざい)]を湯(ゆ)がく/湯通(ゆどお)しする。

泡水

[食材(しょくざい)]を水(みず)に浸(ひた)す/浸(つ)ける/さらす。 註❸

泡發乾貨

乾物(かんぶつ)を戻(もど)す。

解凍

[食材(しょくざい)]を解凍(かいとう)する。

放到冷藏室冰

[食材(しょくざい)]を冷蔵庫(れいぞうこ)で冷(ひ)やす。

瀝乾

水気(みずけ)/水(みず)を切(き)る。

瀝乾

水切(みずき)りをする。

去油

油抜(あぶらぬ)きをする。 註❹

和麵　生地(きじ)を作(つく)る

做麵團 生地(きじ)を作(つく)る。	註❶
將麵粉過篩 小麦粉(こむぎこ)をふるう/ふるいにかける。	
混合材料 材料(ざいりょう)を混(ま)ぜ合(あ)わせる。	
把生材料和成一大塊麵團 生地(きじ)を一(ひと)つにまとめる。	
揉麵 生地(きじ)をこねる/練(ね)る。	
增加麵筋彈性 コシを強(つよ)くする。	註❷
醒麵 生地(きじ)を寝(ね)かせる/休(やす)ませる/発酵(はっこう)させる。	
擀麵 生地(きじ)を伸(の)ばす。	

煎蛋 卵(たまご)を焼(や)く

敲破蛋殼 卵(たまご)を割(わ)る。	註❶
在鍋裡打入全蛋 フライパンに卵(たまご)を落(お)とす。	
煎全蛋 目玉焼(めだまや)きを作(つく)る/焼(や)く。	註❷
打蛋 卵(たまご)を割(わ)りほぐす。	註❶
打蛋液 卵(たまご)を溶(と)く/ほぐす。	
將蛋液倒入(鍋裡) 溶(と)き卵(たまご)/卵液(らんえき)を流(なが)し入(い)れる。	
煎玉子燒 厚焼(あつや)き玉子(たまご)を作(つく)る/焼(や)く。	註❸
將蛋捲起 卵(たまご)を巻(ま)く。	

☑註-備料

・皮を剥く　　　去皮

中文會因為去皮工具不同，而有削和剝的區別，日文則沒有，不管是用手或是削皮器，日文動詞都是「剥く」。

みかんの皮を剥く。　　剝橘子皮
にんじんの皮を剥く。　　削紅蘿蔔皮

・魚をさばく　　　殺魚

・魚をおろす　　　殺魚

動詞「さばく」與「おろす」用在處理食材時，指的是將魚或肉切割、肢解成可料理的狀態。

肉をさばく。　　肢解肉塊

・水に浸す/浸ける　　　泡水

・水にさらす　　　泡水

「水に浸す」和「水に浸ける」都是一般用法，只有「水にさらす」是烹飪用語，意指把切好的蔬菜泡在冷水或冰水裡，用以去除澀味或是增加口感。

・油抜きをする　　　去油

烹飪用語，指用熱水澆淋或汆燙的方式減少油炸物的油膩度。

☑註-和麵

・生地　　　　　　　　　　**麵團**

「生地」其實指的是未加工的素材，可以表示布料或陶胚等，這裡是作麵團解釋。

・コシ　　　　　　　　　　**麵的筋性**

漢字寫成「腰」，但是作麵食等的筋性解釋時，通常標示成片假名「コシ」。

☑註-煎蛋

・卵を割る　　　　　　　　**敲破蛋殼，打蛋**

・卵を割りほぐす　　　　　**打蛋**

兩種說法都是指打蛋，但結果略有不同：「割る」是指敲破蛋殼，把裡頭的蛋黃、蛋白倒出來；「割りほぐす」是「割ってほぐす」，意思是把蛋殼敲破，倒出蛋黃和蛋白，然後打散混合的一連串動作。

・目玉焼き　　　　　　　　**煎全蛋**

日式的煎蛋通常是打蛋下鍋後，單面煎，不翻面，直接起鍋，蛋黃蛋白分明，看起來就像眼珠子「目玉」。

・厚焼き玉子　　　　　　　**玉子燒**

日文的蛋可以寫成「卵」或「玉子」，生蛋或是還看得出蛋形的，通常用「卵」這個字；做成蛋料理後則可以用「玉子」來表示。「玉子燒」又譯成「厚燒玉子」，是日本人經常做的一種煎蛋捲。

洗衣

洗濯（せんたく）する

做家事 家事（かじ）をする。	
洗衣服 洗濯（せんたく）する。	
丟入要洗的衣物 洗濯物（せんたくもの）を入（い）れる。	註❶
放入洗衣劑 （洗濯（せんたく））洗剤（せんざい）を入（い）れる。	
選擇洗衣模式 洗濯（せんたく）コースを選（えら）ぶ。	
按下啟動鍵 スタートボタンを押（お）す。	
啟動洗衣機 洗濯機（せんたくき）を回（まわ）す。	
沖洗 濯（すす）ぐ。	

☑ 更多相關句

手洗 手洗(てあら)いをする。	註❷
用手洗 手(て)で洗(あら)う。	
脫水 脱水(だっすい)する。	
曬衣服 洗濯物(せんたくもの)を干(ほ)す。	註❶
把皺摺弄平 しわを伸(の)ばす／取(と)る。	
掛在衣架上 ハンガーに掛(か)ける。	
用曬衣夾固定 洗濯(せんたく)バサミで留(と)める。	
把洗好的衣服收進來 洗濯物(せんたくもの)を取(と)り込(こ)む／取(と)り入(い)れる。	註❶
摺洗好的衣服 洗濯物(せんたくもの)をたたむ。	

洗碗 皿洗いをする

洗碗盤 食器を洗う。	
洗碗盤 皿洗い/洗い物をする。	註❶
沾洗碗精 (食器用)洗剤を付ける。	
用海綿搓洗 スポンジでこする。	註❷
放在水龍頭下沖洗 流水で濯ぐ。	註❸
瀝乾水份 水切りをする。	
用乾布巾擦拭 布巾で拭く。	
收到碗櫥裡 食器棚にしまう。	

打掃 掃除（そうじ）する

打掃房間 部屋（へや）を片付（かたづ）ける／整理（せいり）する。	
掃地 掃（は）き掃除（そうじ）をする。	
擦拭打掃 拭（ふ）き掃除（そうじ）をする。	註❶
刷洗打掃 磨（みが）き掃除（そうじ）をする。	註❷
去污 汚（よご）れを取（と）る／落（お）とす。	
拍掉灰塵 ほこりを払（はら）う。	
丟垃圾 ゴミを出（だ）す／捨（す）てる。	註❸
做垃圾分類 ゴミを分別（ぶんべつ）する。	

☑註-洗衣

・洗濯物 **待洗或洗好的衣物**

在日文裡，洗前洗後的衣物都是「洗濯物」，所以使用時要留意前後文的關連。

・手洗いをする **手洗**

「手洗いをする」原義是指洗手，洗手間的日文就是「お手洗い」，但同時也可表示用手洗(衣服或碗盤)的含意。

☑註-洗碗

・洗い物をする **洗東西，洗碗**

「洗い物をする」字面上的意思是洗東西，所以也可以用來指洗衣服，但一般常見的用法還是指洗碗。

・スポンジ **海綿，菜瓜布**

「スポンジ」指的是海綿，日本人都是用這個來清洗餐盤。至於台灣家庭裡常見的一邊是海綿、一邊是菜瓜布的東西，日文的說法是「スポンジたわし」。「たわし」是早期一種用植物纖維作成的圓形刷(棕刷)，後引申為泛指廚房裡用來刷鍋具的鍋刷。

・流水 **流動的水**

在廚房的場景中，通常表示開著水龍頭，任由水流的意思。

☑註-打掃

・拭き掃除をする　擦拭打掃

日文的「拭き掃除」指的是所有擦拭類的打掃，通常是擦地板，但也包含了擦拭廚櫃、窗台灰塵等清掃工作。

・磨き掃除をする　刷洗打掃

「磨き掃除」主要是針對必須用力刷洗的頑強污垢，例如鍋具油垢、家電上的手垢等。比較特別的是，擦玻璃和擦鏡子的日文說法可以是「拭き掃除」或「磨き掃除」，後者有擦得「亮晶晶」的含意。

・ゴミを出す／捨てる　丟垃圾

「ゴミを出す」是指把垃圾拿出去倒，通常譯成「倒垃圾」；「ゴミを捨てる」則有把垃圾丟入垃圾桶，或是拿出去丟（＝ゴミを出す）兩種細微含意，所以適合譯成「丟垃圾」。

出勤 出社する

出勤 出社/出勤する。	
出示員工證 社員証を見せる。	
打卡 タイムカードを押す。	
刷卡 タイムカード/IDカードを通す。	註❶
就座 席に着く。	
放下包包 かばんを置く/下ろす。	
開始工作 仕事を始める。	
確認行程表 スケジュールを確認する。	

早會 朝礼(ちょうれい)をする

	註
舉行早會 朝礼(ちょうれい)をする／行(おこな)う。	註❶
全體集合 全員(ぜんいん)が集合(しゅうごう)する／集(あつ)まる。	
喊口令 号令(ごうれい)をかける。	
整隊 整列(せいれつ)する。	
互相打招呼 挨拶(あいさつ)を交(か)わす。	
報告連絡事項 連絡事項(れんらくじこう)を報告(ほうこく)する。	
進行3分鐘演說 3分間(さんぷんかん)スピーチをする／行(おこな)う。	註❷
呼口號 スローガンを唱和(しょうわ)する。	

影印 コピーする

影印

コピーする。

影印

コピーを取(と)る。

打開影印機的上蓋

コピー機(き)のふたを開(あ)ける。

放好原稿

原稿(げんこう)を置(お)く/セットする。

選擇紙張尺寸

用紙(ようし)サイズを選(えら)ぶ。

按下啟動鍵

スタートボタンを押(お)す。

取回原稿

原稿(げんこう)を取(と)る。

蓋上影印機的上蓋

コピー機(き)のふたを閉(し)める。

☑ 更多相關句

把要影印的那面朝下 コピーしたい面（めん）を下（した）に向（む）ける。	
確認原稿方向 原稿（げんこう）の向（む）きを確認（かくにん）する。	
使用回收紙的背面影印 裏紙（うらがみ）を使（つか）う。	註❶
印壞 コピーに失敗（しっぱい）する。	註❷
補充紙張 用紙（ようし）を補充（ほじゅう）/補給（ほきゅう）する。	
碳粉不足 トナーがなくなる/切（き）れる。	
換碳粉(匣) トナー（カートリッジ）を交換（こうかん）する。	
影印放大 原稿（げんこう）を拡大（かくだい）コピーする。	
影印縮小 原稿（げんこう）を縮小（しゅくしょう）コピーする。	

列印 コピーする

列印文件

文書(ぶんしょ)をプリントアウトする。

字的墨色太淡

印字(いんじ)が薄い。

墨水不足

インクがなくなる/切(き)れる。

換墨水(匣)

インク(カートリッジ)を交換(こうかん)する。

卡紙

紙詰(かみづ)まりする。

造成卡紙

紙詰(かみづ)まりを起(お)こす。

卡紙

紙(かみ)が詰(つ)まる。

清除卡紙

紙詰(かみづ)まりを直(なお)す。

傳真 ファックスする

	註
傳真 ファックスする。	❶
傳真 ファックスを送る(おく)／送信(そうしん)する／流(なが)す。	
放好原稿 原稿(げんこう)を置(お)く／セットする。	
按下免持聽筒按鈕 オンフックボタンを押(お)す。	
輸入對方的傳真號碼 送信先(そうしんさき)の番号(ばんごう)を入力(にゅうりょく)する。	
"嗶"的傳訊信號聲響起 ピーという発信音(はっしんおん)が鳴(な)る。	
按下傳訊按鈕 発信(はっしん)ボタンを押(お)す。	
收到傳真 ファックスが届(とど)く／来(く)る。	

☑註-出勤

・タイムカードを通す　　刷卡

傳統打卡鐘是將紙卡下壓，由機器直接在上頭打印時間，這張紙卡就稱作「タイムカード」。

儘管許多公司行號已改用磁條式員工證，用刷卡的方式記錄上下班時間，但許多人仍然習慣用「タイムカード」的說法。

☑註-早會

・朝礼　　早會

「朝礼」是日本公司行號很普遍的現象，尤其是服務業；內容多半是長官談話、營業目標與各部會連絡事項的簡報，最後以呼口號作結尾。部分公司還會在早會中納入晨操。

・3分間スピーチ　　3分鐘演說

有些公司為了增加早會的熱絡度，特意挪出幾分鐘時間給員工發揮，當天輪到的人要發表個人的心得，內容不拘。演說時間一般都不長，有的公司是5分鐘，有的是1分鐘。

☑註-影印

・裏紙　　回收紙背面

字典中未收錄，但基本上已等同專有名詞，意指背面空白、可用於影印的再利用紙。

・コピーに失敗する　　印壞

印壞了的紙張有個常見的說法是「ミスコピー」。「ミスコピーの裏（うら）」則是意指單面印壞的回收紙可再利用的背面。

☑註-傳真

・ファックス　　傳真

外來語的拼法，特別是促音與長音，有時會有出入。例如fax就有「ファックス」與「ファクス」二種拼法；類似情形還有電腦"Computer"，可作「コンピュータ」或是「コンピューター」。

辦公 仕事（しごと）をする

辦公 仕事（しごと）をする。	
整理文件 書類（しょるい）を整理（せいり）する。	
處理單據 伝票処理（でんぴょうしょり）をする。	
寫請款單 請求書（せいきゅうしょ）を書く。	
提出收據（報帳） 領収書（りょうしゅうしょ）を提出（ていしゅつ）する。	
開立估價單 見積書（みつもりしょ）を作成（さくせい）する/作（つく）る。	註❶
下單訂貨 商品（しょうひん）を発注（はっちゅう）/注文（ちゅうもん）する。	
接受訂單 注文（ちゅうもん）を取（と）る。	

企畫 企画を考える

收集資訊 情報収集をする/行う。	
收集資訊 情報を集める。	
決定題目 テーマを決める。	
構思企畫 企画を考える/練る。	
製作企畫書 企画書を作成する/作る。	
做簡報 プレゼン(テーション)をする。	
提出方法建議 方法を提案する。	
施行企畫 企画を実行する。	

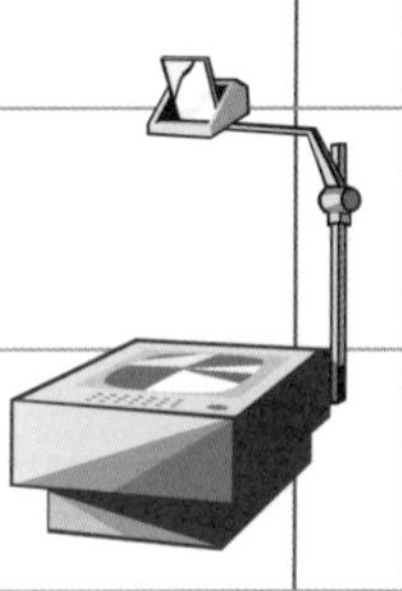

洽公　外回りをする

そとまわ
外回りをする

外出洽公 そとまわ　で 外回りに出る。	
外出洽公 そとまわ 外回りをする。	
四處拜訪客戶 きゃくさま　まわ お客様を回る。	
敲定約會時間 と アポ/アポイントを取る。	
交換名片 めいし　こうかん 名刺(を)交換する。	註❶
談生意 しょうだん　おこな 商談をする/行う。	
回公司 かいしゃ　もど 会社に戻る。	
寫報表 にっぽう　か 日報を書く。	

☑註-辦公

・見積書を作成する　　　　開立估價單

動詞「作成する」的用法包含了文書、檔案等的製作與書寫，口語可作「作る」。

資料を作成する。
PDFを作成する。
文書を作成する。
書類を作成する。　……

☑註-洽公

・名刺交換　　　　交換名片

「名刺交換する」與「名刺を交換する」基本上同義，但如果細究，「名刺交換」是商業專門用語，代表了表面上「名刺を交換する」的動作，以及該動作背後的用意。但一般人在使用時，不會這麼特意作區別。

開會

会議（かいぎ）を開（ひら）く

開會

会議（かいぎ）を開（ひら）く。

開會

会議（かいぎ）/ミーティングをする/行（おこな）う。

擔任司儀

司会（しかい）をする/務（つと）める。

發資料

資料（しりょう）を配（くば）る/配布（はいふ）する。

寫會議記錄

議事録（ぎじろく）を作成（さくせい）する/書（か）く。

徵求意見

意見（いけん）を求める。

聽取意見

意見（いけん）を聞（き）く。

發表意見

意見（いけん）を述べる。

☑ 更多相關句

提出疑問

質問（しつもん）する。

提出反對意見

反論（はんろん）する。

討論

議論（ぎろん）／討論（とうろん）する。

討論

意見（いけん）を戦（たたか）わせる。

提出想法

アイデアを出（だ）す。

贊成

[人（ひと）・事（こと）]に賛成（さんせい）する。

反對

[人（ひと）・事（こと）]に反対（はんたい）する。

投票表決

採決（さいけつ）する。

做出結論

結論（けつろん）を出（だ）す。

開戶

口座（こうざ）を作（つく）る

拿號碼牌

番号札（ばんごうふだ）を取（と）る。

等叫號

順番（じゅんばん）を待（ま）つ。

開戶

口座（こうざ）を作（つく）る/開（ひら）く/開設（かいせつ）する。

辦理金融卡

キャッシュカードを作（つく）る。

備齊文件資料

書類（しょるい）を揃（そろ）える。

填寫申請單

申（もう）し込（こ）み用紙（ようし）に記入（きにゅう）する。

在文件上簽名

書類（しょるい）にサインする/署名（しょめい）する。

蓋印章

印鑑（いんかん）/判子（はんこ）を押（お）す。

☑ 更多相關句

把錢存銀行	銀行(ぎんこう)に預金(よきん)する。	
存錢	お金(かね)を預(あず)ける/入(い)れる。	
提領錢	お金(かね)を引(ひ)き出(だ)す/下(お)ろす。	
繳費	代金(だいきん)/公共料金(こうきょうりょうきん)を支払(しはら)う/払(はら)う。	註❶
入帳	入金(にゅうきん)する。	註❷
轉帳	お金(かね)を振(ふ)り込(こ)む。	
匯款給他人	[人(ひと)]に送金(そうきん)する。	註❷
自動從帳戶中扣款	口座(こうざ)から(自動(じどう))引(ひ)き落(お)とす。	
辦理自動轉帳扣○○款	○○を口座振替(こうざふりかえ)にする。	註❸

ATM

ATMを使(つか)う

使用自動櫃員機 ATMを使(つか)う。	
插入金融卡 キャッシュカードを入(い)れる/挿入(そうにゅう)する。	
選擇使用語言 表示言語(ひょうじげんご)を選(えら)ぶ。	
輸入密碼 暗証番号(あんしょうばんごう)を入力(にゅうりょく)する/入(い)れる/押(お)す。	
按下交易項目按鈕 取引(とりひき)ボタンを押(お)す。	
取出明細表 明細書(めいさいしょ)を取(と)る。	
查詢餘額 残高照会(ざんだかしょうかい)(を)する。	註❶
補摺 通帳(つうちょう)(に)記入(きにゅう)する。	

☑註-開戶

・代金、公共料金　　費用

「代金」意指一般消費的款項，例如信用卡卡費是「クレジット(カード)代金」。「公共料金」則是由公家決定收費標準的費用，一般包含了自來水費、電費、瓦斯費、電話費，以及ＮＨＫ收視費等。

・入金する　送金する　　入帳；匯款

「入金」意思是「把錢存入、匯入；入帳」，不限定自己或對方的帳戶；給卡儲值也可以用「入金」。「送金」則是「把錢匯出去給別人」，對象通常是他人。

代金を入金する。　匯入貨款［買方］
代金が入金される。　貨款入帳［賣方］
お客様から入金があった。　收到客戶的匯款

代金を送金する。　匯出貨款［買方］
募金(ぼきん)を送金する。　匯出捐款

・○○を口座振替にする　　自動轉帳扣款

這句話也等同下面的說法：

○○を口座振替で支払う。　從帳戶自動轉帳繳費

☑註-ATM

・残高照会する　　查詢餘額

意思即：「残高を照会する」。

上課 授業（じゅぎょう）を受（う）ける

上課	授業（じゅぎょう）/講義（こうぎ）を受（う）ける/聞（き）く。	註❶
點名出缺席	出席（しゅっせき）/出欠（しゅっけつ）を取（と）る。	
上課缺席	授業（じゅぎょう）/講義（こうぎ）を欠席（けっせき）する/休（やす）む。	
翹課	授業（じゅぎょう）/講義（こうぎ）をサボる/無断欠席（むだんけっせき）する。	
翻開教科書	教科書（きょうかしょ）を開（ひら）く。	
發講義	レジュメ/プリント/ハンドアウトを配（くば）る。	註❷
做筆記	ノートを取（と）る。	
記下重點	要点（ようてん）をメモする。	

☑ 更多相關句

選修講課 授業(じゅぎょう)/講義(こうぎ)を受講(じゅこう)する。	註❸
旁聽講課 授業(じゅぎょう)/講義(こうぎ)を聴講(ちょうこう)する。	
停課 授業(じゅぎょう)/講義(こうぎ)が休講(きゅうこう)になる。	註❹
上研討課 ゼミ/ゼミナールがある。	註❺
分組 グループ分(わ)けをする。	
分成4組 4つのグループに分(わ)かれる/分(わ)ける。	註❻
交報告 レポートを出(だ)す/提出(ていしゅつ)する。	
擬研究計畫 研究計画(けんきゅうけいかく)を立(た)てる。	
進行期中研究報告 中間報告(ちゅうかんほうこく)をする。	

☑註-上課

・授業、講義　　授課

「授業」講求互動，「講義」則是講解書籍義理，通常是教師在台上講，學生坐在台下聽，相對於「授業」泛指各個學級的教學，「講義」一般用在大學的講課。

・レジュメ、プリント、ハンドアウト　　講義

意指講課或發表內容的重點摘要，通常是簡單裝訂的列印資料，所以傳統上稱為「プリント」。但目前較廣泛的說法是源自法文的「レジュメ」，至於「ハンドアウト」則是直接譯自英文的說法。

・受講する　　選修講課

意指聽講整個學期的課程，不合適用在表示一次一次的上課。

・休講になる　　停課

這裡的「講」指的是「講義」，若是中小學的情形，適用的是「休校（きゅうこう）」。

・ゼミ、ゼミナール　　研討課

大學裡的小班制專題研討的課程。

・分かれる　分ける　　分(組)

「分かれる」是自動詞，「分ける」是他動詞。

社團

部活(ぶかつ)に入(はい)る

	註
加入社團 部活(ぶかつ)/サークルに入(はい)る/参加(さんか)する。	註❶
加入〇〇社團 〇〇部(ぶ)に入部(にゅうぶ)する。	
退出社團 部活(ぶかつ)/サークルを辞(や)める。	
因畢業而離開社團 部活(ぶかつ)/サークルを引退(いんたい)する。	
招攬入學新生 新入生(しんにゅうせい)を勧誘(かんゆう)する。	
宣傳社團 サークルをアピールする。	
集體外宿 合宿(がっしゅく)する。	註❷
社團解散 廃部(はいぶ)になる。	

選修
科目(かもく)を履修(りしゅう)する

■ 選修科目

科目(かもく)を履修(りしゅう)する。

■ 重修

再履修(さいりしゅう)する。

■ 登記選課

科目(かもく)に履修登録(りしゅうとうろく)する。

■ 修得學分

単位(たんい)を取(と)る／修得(しゅうとく)する／取得(しゅとく)する。

■ 沒修得學分

単位(たんい)を落(お)とす。

■ 取得學位

学位(がくい)を取(と)る／取得(しゅとく)する。

■ 大學留級

大学(だいがく)を留年(りゅうねん)する。

■ 大學畢業

大学(だいがく)を卒業(そつぎょう)する。

☑ 更多相關句

修必修科目 必修科目(ひっしゅうかもく)を履修(りしゅう)する。	
轉到其他科系 他(ほか)の学科(がっか)に移(うつ)る。	
轉科系 学科(がっか)を変更(へんこう)する/変(か)える。	
修完課程 課程(かてい)/コースを修了(しゅうりょう)する。	
升上３年級 ３年(さんねん)/３年生(さんねんせい)に進級(しんきゅう)する。	
寫畢業論文 卒論(そつろん)/卒業論文(そつぎょうろんぶん)を書(か)く。	註❶
休學 学校(がっこう)を休学(きゅうがく)する。	
退學 学校(がっこう)を退学(たいがく)する。	
中途退學 学校(がっこう)を中退(ちゅうたい)する。	

考試

試験を受ける

舉行考試 試験/テストを行う/する。	註❶
應試 試験/テストを受ける/受験する。	
發考卷 テスト用紙を配る/配布する。	註❷
大致瀏覽考題 試験問題/テスト問題に目を通す。	
選擇選項 選択肢を選ぶ。	
在解答欄上填寫答案 解答欄に解答を記入する/書く。	
收考卷 テストを回収する/集める。	註❷
交答案卷 解答用紙を提出する/出す。	

☑ 更多相關句

交白卷

はくし　かいとうようし　だ
白紙で解答用紙を出す。

提早交卷

と ちゅうたいしつ
途中退室する。

考試及格

しけん　ごうかく　う　とお
試験に合格する/受かる/通る。

通過考試

しけん
試験を/にパスする。

沒通過考試

しけん　お　すべ
試験に落ちる/滑る。

沒考上

しけん　らくだい
試験に落第する。　註❸

補考

ついし　ついしけん　う
追試/追試験を受ける。

K書準備考試

しけん　べんきょう
試験/テストの勉強をする。

自己試算分數

じこさいてん
自己採点する。

☑註-社團

·部活、サークル　　　　社團

二者在性質上有些不同，「部活」著重社團活動的切磋，有機會代表學校出賽；「サークル」則是聯誼性質較濃，也較沒有約束力。

「部活」從中學到大學都有，「サークル」則主要是大學生的活動，二者都可自行決定是否參加。

類似名稱還有「クラブ」，小學高年級將其納入正規課程，每學年選一次。

·合宿　　　　集體住宿

通常是指為了加強訓練而舉辦的短期外宿集訓。

☑註-選修

·卒論、卒業論文　　　　畢業論文

日本大學規定大學生必須繳交論文並通過審核，才能夠拿到畢業證書。

☑註-考試

・試験、テスト　考試

「試験」是考試的統稱，「テスト」也是，但較屬於小型考試，像是臨時抽考通常說「抜(ぬ)き打(う)ちテスト」，而入學考試則是作「入学(にゅうがく)試験」。

・テスト用紙、テスト　考卷

在日本，考試習慣分成問題卷「問題(もんだい)用紙」與答案卷「解答(かいとう)用紙」，統稱「テスト用紙」或「試験用紙」。

「テスト用紙」有時也簡略作「テスト」，尤其是作回收考卷「テストを回収する」的說法使用時。

・落第する　落榜

「試験に落第する」通常只適用在大考，像是畢業考或升學考，不適合用於表示一般考試不及格。

買票 切符を買う

用售票機買票 券売機で切符を買う。	
確認目的地的票價 行き先の料金/運賃を確認する。	
投入金額 お金を入れる/投入する。	
按張數鈕 枚数ボタンを押す。	
按金額鈕 金額ボタンを押す。	
跑出車票來 切符が出る/出てくる。	
取出車票 切符を取る/取り出す。	
取出零錢 お釣りを取る/取り出す。	

進站。改札（かいさつ）を通（とお）る

通過剪票口 改札（かいさつ）(口（ぐち）)を通（とお）る/抜（ぬ）ける。	註❶
插入車票 切符（きっぷ）を(改札（かいさつ）に) 通（とお）す/入（い）れる/差（さ）し込（こ）む。	
拿卡片觸碰(感應區) カードをタッチする/当（あ）てる。	註❷
將卡片遮蔽感應區 カードを読（よ）み取（と）り部（ぶ）/リーダー にかざす。	註❷
出示月票 定期（ていき）を見（み）せる。	
走向月台 ホームに行（い）く。	
排隊(等車) 列（れつ）に並（なら）ぶ。	
走出剪票口 改札（かいさつ）(口（ぐち）)を出（で）る。	註❶

搭車 バスに乗(の)る

	註
搭公車 バスに乗(の)る。	
拿整理券 整理券(せいりけん)を取(と)る。	註❶
找位子坐 席(せき)を探(さが)す。	
讓座 席(せき)を譲(ゆず)る。	
抓緊吊環 つり革(かわ)につかまる。	
按下車鈕 降車(こうしゃ)ボタンを押(お)す。	
把錢投入收票箱 運賃箱(うんちんばこ)/料金箱(りょうきんばこ)にお金(かね)を入(い)れる。	
下公車 バスを降(お)りる。	

☑註-進站

・改札を通る/抜ける　　　**通過剪票口**

・改札を出る　　　**走出剪票口**

「改札口」一般簡稱「改札」，「改札を通る/抜ける」意指為了搭車而進站；「改札を出る」則是指搭完車要出站的意思。

・カードをタッチする/当てる　　　**拿卡片觸碰感應區**

・カードをかざす　　　**將卡片遮蔽感應區**

這裡的「カード」意指感應式的車票卡，「カードを(読み取り部に)タッチする/当てる」時，卡片必須觸碰到感應區；而「カードを読み取り部にかざす」則是只要在感應區上略作停留，不須碰觸感應器。

一部分的日本大眾運輸系統採用了「カードをふれてください」的操作標示，只不過許多日本人覺得這句話不太合乎文法，所以不喜歡使用。

☑註-搭車

・整理券　　　**整理券**

「整理券」其實就是號碼牌，公車上的「整理券」是上車的區間證明，下車時對照車資表上該號碼下標示的車資，就知道該付多少錢。

開車 車を運転する

開車 車を運転する。	
坐到駕駛座 運転席に座る。	
調整座位 シート/座席を合わせる/調整する。	
綁安全帶 シートベルトを締める/する。	
踩剎車 ブレーキを踏む/かける。	
踩離合器 クラッチを踏む/切る。	註❶
發動引擎 エンジンをかける。	
轉動車鑰匙 (エンジン)キーを回す/ひねる。	

☑ 更多相關句

拉手剎車

サイドブレーキを引(ひ)く/かける。 註❷

放手剎車

サイドブレーキを下(お)ろす/戻(もど)す/解除(かいじょ)する。

鬆剎車

ブレーキを離(はな)す/緩(ゆる)める。

放離合器

クラッチを繋(つな)ぐ/離(はな)す/上(あ)げる。 註❶

踩油門

アクセルを踏(ふ)む/開(あ)ける/吹(ふ)かす/あおる。

鬆油門

アクセルを戻(もど)す/緩(ゆる)める。

打檔

ギアを入(い)れる。

發動車子

車(くるま)を発進(はっしん)させる。

關掉引擎

エンジンを止(と)める。

☑ 更多相關句

進檔	シフトアップする。	
進檔	ギアを上(あ)げる。	
退檔	シフトダウンする。	
退檔	ギアを落(お)とす。	
換檔	ギアを変更(へんこう)する/変(か)える。	
換檔	ギアチェンジする。	註❸
確認空檔	ニュートラルを確認(かくにん)する。	
開大燈	ヘッドライトを点(つ)ける。	
打方向燈	ウインカーを出(だ)す/点滅(てんめつ)させる。	

☑ 更多相關句

關方向燈

ウインカーを消(け)す。

按喇叭

クラクション/ホーンを鳴(な)らす。

看方向鏡

ドアミラーを見(み)る/覗(のぞ)く。

打方向盤

ハンドルを回(まわ)す/切(き)る。

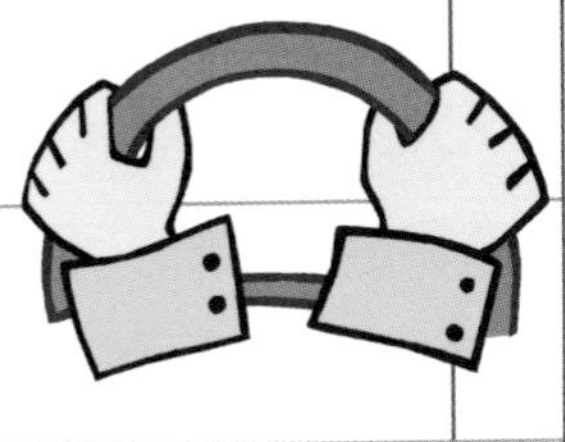

回直方向盤

ハンドルを戻(もど)す。

轉彎

カーブを曲(ま)がる/切(き)る。

向左/右轉

左(ひだり)/右(みぎ)に曲(ま)がる。

左轉

左折(させつ)する。

右轉

右折(うせつ)する。

騎車 バイクに乗(の)る

騎機車 バイクに乗(の)る。	
戴安全帽 ヘルメットをかぶる。	
戴口罩 マスクを<u>する</u>/<u>つける</u>。	註❶
按下電動按鈕 セルボタンを押(お)す。	
啟動電動馬達 セル(モーター)を回(まわ)す。	註❷
發動引擎 エンジンをかける。	
按緊剎車 ブレーキを<u>握(にぎ)る</u>/<u>かける</u>。	
放剎車 ブレーキを<u>離(はな)す</u>/<u>緩(ゆる)める</u>。	

☑ 更多相關句

轉開油門 アクセルを回(まわ)す/ひねる。	註❸
催油門 アクセルを開(あ)ける/吹(ふ)かす/あおる。	註❸
鬆油門 アクセルを戻(もど)す/緩(ゆる)める。	
按緊離合器 クラッチを握(にぎ)る/切(き)る。	
放離合器 クラッチを繋(つな)ぐ/離(はな)す。	註❹
加速 スピードを出(だ)す/上(あ)げる。	
減速 スピードを落(お)とす。	
進入巷子 路地(ろじ)/横道(よこみち)に入(はい)る。	
出巷子到大路 通(とお)りに出(で)る。	

☑註-開車

・クラッチを踏む/切る　　分離離合器

・クラッチを繋ぐ　　接合離合器

・クラッチを離す/上げる　　放離合器

離合器的原理和剎車相反，原先為咬合的狀態，踩下後呈現「切」離的狀態，所以「クラッチを踏む」等於「クラッチを切る」。

「クラッチを離す/上げる」是指(腳)放開或抬起離合器踏板，都是指放鬆腳的力量，使離合器回復原先狀態，所以也是讓離合器重新接合（＝クラッチを繋ぐ）的意思。

另外還有「クラッチを戻す」與「クラッチを入れる」的說法，意思也都等同「クラッチを繋ぐ」。

・サイドブレーキを引く　　拉手剎車

手剎車還有另一個說法是「ハンドブレーキ」。

隨著部分新車款將手剎改成腳踏式或電動式手剎，為了符合實際情況，新的說法是「パーキングブレーキ」或「駐車(ちゅうしゃ)ブレーキ」。

パーキングブレーキをかける。　　啟動手剎

パーキングブレーキを解除する。　　解除手剎

・ギアチェンジする　　換檔

另可作「シフトチェンジする」的說法；若照英文的說法則是"gearshift"(ギアシフトする)。

☑註-騎車

・マスクをする **戴口罩**

日本人多半只有在感冒或是打掃時才會戴口罩。

・セルを回す **啟動電動馬達**

這個說法同樣也適用於汽車，「セル」是電動馬達「セルモーター」的縮略。

・アクセルを回す/ひねる **轉開油門**

・アクセルを開ける/吹かす/あおる **催油門**

依據油門操作原理，「回す」和「ひねる」較適合用在機車；而「開ける、吹かす、あおる」則是不限汽車或機車都適用。

附帶一提，把油門開到最大的日文說法是：

アクセルを全開(ぜんかい)にする。　馬力全開

・クラッチを繋ぐ/離す **放離合器**

按照機車操作原理，適用於汽車的「クラッチを上げる」說法，並不適合用在機車上。